中公文庫

出張料亭おりおり堂

コトコトおでんといばら姫

安 田 依 央

中央公論新社

目次

出張料亭 おりおり堂

―コトコトおでんといばら姫―

師走《しわす》

聖なる朝のミルクがゆ

朝、地下鉄の駅を出て、色とりどりの落ち葉が散り敷く道を歩く。今朝は特に冷え込みが強く、霜が降りたのか、枯れ葉の絨毯《じゅうたん》が少し濡れている。

今日から、いよいよ師走《しわす》だ。自宅のカレンダーをめくると当然のことながら残りは最後の一枚で、その薄さに澄香《すみか》は愕然《がくぜん》とした。

あとひと月で今年も終わる。物理的にいえば、単にひと月前に進むだけのことなのに、年が変わると思うとどこか急《せ》きたてられる。やはり十二月の一ヶ月間は特別なものだ。やり残したことを急いで片付けなければならない気になる。

今月は「出張料亭・おりおり堂」も多忙で、毎日のように忘年会やクリスマスパーティーの予約が入っている。更に、新年に向けてお節《せち》料理を作ってほしいという希望が結構あった。

「はあ、今年ももう終わりなんですね」

「本当に早いこと」

山田《やまだ》澄香のぼやきにも似た呟《つぶや》きに、オーナーの橘桜子《たちばなさくらこ》がおっとりとうなずく。

「おりおり堂」はもともと骨董《こっとう》を扱う店で、古い町屋《まちや》を改装した都会の隠れ家《かくれが》といったたたずまいだ。二年ほど前からその名を借りる形で「出張料亭」を行っているのだという。

「出張」という言葉のとおり、客の自宅や催しの会場へ出向いて、料理を振る舞うサービスである。

今日も銀髪をつややかにまとめあげた桜子は、光線の加減によって黒にも見える濃紺の着物に、白っぽい帯、オリーブ色の帯締めに、鼈甲《べっこう》で寒椿《かんつばき》をかたどった帯留めを付けている。気ぜわしいながらも、どこか華やいだこの季節にぴったりの装いだ。どれほど忙しくとも笑顔を絶やさず、優雅に振る舞う女主人の人柄がよく表れている。

澄香は朝から桜子を手伝い、「おりおり堂」のカフェスペース〝歳時記の部屋〟のしつらえをクリスマスの仕様に変える作業をしている。黒や赤の塗りのうつわに華奢《きゃしゃ》な細工のガラス食器。無骨な焼き物と重厚な装飾が施《ほどこ》された銀の燭台《しょくだい》。そして、桜子が「とっておきよ」と笑う貴重なアンティークのオーナメント。確かな伝統を感じさせ、重厚かつ遊び心のあるコーディネートだった。

「オーナーは毎年、クリスマスはどう過ごされるんですか？」

澄香は訊いてみた。

歳事を大切にする「おりおり堂」では、親しい友人などを呼び、ごく内輪で季節季節の行事を祝うことが多い。クリスマスはどんなことをするのだろうかという興味があった。

「そうだわねえ」と桜子は首を傾《かし》げた。

「お友達のパーティーにお呼ばれしたり、お芝居を観に行ったりして過ごすことが多いかしら。去年はたまたまどれも日にちが合わなくて、特別なことは何もしなかったけれど」

「あれぇ、そうなんですか」

澄香の反応に、桜子はほほほと笑う。

「澄香さんは毎年、どうお過ごしになっているの？」

にこにこしながら桜子が訊く。

「うーん……そうですね。やっぱり友達や姉なんかと過ごすことが多いでしょうか」

愛するアナタとホーリーナイトが理想なのだが、そううまくは運ばないのが世の常だ。

「でも、今年は澄香さんにもお仕事に行っていただくことになるのではないかしら」

一段落したところで、紅茶を淹《い》れながら、申し訳なさそうに桜子が言う。

珍しい茶葉が手に入ったからと、彼女は丸いポットに薔薇《ばら》の花がついた貴婦人の帽子のようなティーコージーをかぶせ、蒸らしているところだった。

「あ、はい。そうですよね」

「出張料亭・おりおり堂」にはイブもクリスマス当日も、すでに昼夜とも個別に予約が入っている。これはこれで嬉しいことだ。仁《じん》といっしょに居られることが確定しているからだ。

仁とは「出張料亭・おりおり堂」の料理人、橘仁のことである。桜子の孫にあたるそうだが、実際血が繋《つな》がっているのかどうかは澄香にはわからない。

澄香は今年の四月から、仁の助手として働いていた。この彼がまさしくイケメン無双《むそう》。容姿端麗《たんれい》なのはもちろん、人に優しく自分に厳しい硬派な性格まで非の打ち所がなかった。

澄香は恋愛に関してはゾンビのような人間だ。十代の頃からずっと、愛だの恋だのと、楽しげに男女が戯《たわむ》れるお花畑の周囲をぐるぐる歩き回っていた。物欲しげな視線を送ってみることすらない。ただ歩いているだけだ。

そんな覇気《はき》のないゾンビでさえ、仁を前にすると、恋に落ちずにはいられなかった。そして、それは予想以上の彩《いろど》りと、恋の苦しみを澄香の生活にもたらすことになったのだ。

そのようなわけで、ある意味、愛するアナタと過ごせるホーリーナイトと呼べなくもないのだが、言うまでもなく極めて一方的な愛にすぎない。

茶葉が開くまでの時間をはかるため、砂時計をひっくり返すと、桜子はいたずらっぽい表情になって、「あ、そうだわ」と言った。

「おほほ。ね、澄香さん、いいこと教えて差し上げましょうか」

「え、何でしょう？」

檜皮色《ひわだいろ》のテーブルクロスの上で、スミレの花の砂糖漬けをアンティークのガラス皿に載せる作業にいそしんでいた澄香は顔をあげた。

「あなた、仁さんのお誕生日をご存じでした？」

「いいえっ」

澄香は思わず身を乗り出す。それを知りたいと思っていたのだ。いつか仁本人に訊こうと思いつつ、何分《なにぶん》にも相手は寡黙《かもく》でストイックな職人だ。なかなかその機会を見つけられずにいた。

桜子が、ふんわりした笑顔を浮かべる。

「十二月二十五日なのよ。イエスさまと同じね」

「あ、そうなんですね。なんか仁さんらしくて素敵です」

まさしくの聖誕祭。自分で言っておきながら、どこが仁らしくて素敵なのかはよく分からないが、何やらありがたいような気分になる。いやしかし、と澄香は思った。

めでたがってばかりいる場合ではない。澄香の恋愛スキルは小学生レベルだが、そのレベルの住人ですら分かる。誕生日とは一年一度のアタックチャンスなのではないだろうか。

二十五日までは三週間とちょっと。残り日数は長いようで短い。ぼんやりしていては、すぐにその日が来てしまう。その間に、もっとも効果的な戦略を立案せねばならぬのだ。

しかし、戦略などと言うのは簡単だが、澄香は恋愛戦線からも婚活《こんかつ》市場からも弾き出されて屍《しかばね》と化した女である。

〝世間並み〟、〝人並み〟に背を向けて我が道を行くほどの勇気はなく、派手すぎず地味すぎず、どうにか「普通」の女に擬態しているつもりではいるが、実態は負の感情に覆《おお》われた腐海《ふかい》に沈むゾンビなのだ。

ゾンビ暮らしはそれなりに居心地のいいものだが、目の前に空前絶後のイケメンが、いい匂いをさせながらうろうろしていればさすがに食いつかざるを得ない。

だが、哀れなことに、ゾンビは有効な手立ても情報もノウハウも何も持たないのだ。たとえば、お祝いのパーティーをしようにも、その日は仕事だ。しかも、一年で最も忙しい数日間だと仁から聞いている。

何をどうすればいいのだろう。

女性らしさもない。抜きん出た美貌《びぼう》も持たない。これといったアピールポイントを持たない澄香にできることといえば、何かしら気の利《き》いたプレゼントを用意することぐらいかと思ったが、これがまったく容易ではない。いったい何を渡せばいいというのだ。

貴金属？　ノーである。仁はアクセサリーなどしない。では、腕時計？　お、これはいいアイデアかと思わないでもなかったが、予算的に難しい。

この場合の予算とは澄香の懐《ふところ》具合を指すだけではない。付き合ってもいない男女間における贈り物には金額的に上限があるのだ。闇雲《やみくも》に高価なものを贈っても相手の負担になるだけだろう。周囲から浮かないように心を砕いて生きてきたもので、そういうことにだけは気が回るのである。

うーむ、難しいものだ。これは相当気合いを入れて戦略を練らねば――。

などと一人で呻吟《しんぎん》しているところへ、藤村公也《ふじむらきみや》がやって来た。この男がまたイケメンである。五十を過ぎているというのに、手足がすらりと長く渋い美貌の持ち主で、スーツの似合うことといったらモデルか何かのようだった。

内心思わず、うわ、とつぶやく。

この男は苦手だ。

なぜなら、藤村は澄香をまるで絶世の美女であるかのように扱うからだ。

ずっとそれが当たり前だったという女性ならば別段、違和感を覚えることもないかもしれないが、澄香はゾンビとして長年、日の当たらぬ場所で暮らして来たのだ。戸惑うやら、挙動不審に陥《おちい》るやら、混乱するばかりである。

しかも、藤村は澄香自身に魅力を感じているのではない。

彼の亡くなった奥さんに澄香が似ているらしいのだ。

つまり、騎士然とした彼の振る舞いは厳密に言えば、澄香に向けられたものではなかった。

それでいて、仁に対するライバル心を隠そうとしない彼が、あまりにもあからさまな好意を向けてくるものだから、まるで自分が恋愛劇のヒロインになったような錯覚を覚えてしまう。身のほど知らずな気持ちは増長して、いつの間にか思い上がってしまう。

「あら、藤村さんいらっしゃい。丁度良かったわ。今ねえ、あなたが送って下さったスミレのお花のお菓子をいただこうとしていたところですの」

桜子が立ち上がり、彼を迎えながら言う。

「ほう。それはいいタイミングでしたね。プレゼントはお気に召しましたか？」

「もちろんでしてよ。さ、一緒にお茶をどうぞ」

澄香は藤村の分のカップを用意しながら、彼から届いた贈り物にちらりと目をやる。

先ほどデパートから届けられたのはスミレの花の砂糖漬けだけではなかった。クリスマスの情景を描いた絹織物のような美しい絵画が二つ。桜子の分と澄香の分だ。

絵画といっても十センチばかりの厚みがあり、箱のようになっている。桜子の絵は戸外、澄香の分は暖炉のある室内の情景だ。絵のあちこち、森の木やツリーの奥など、そこかしこに1から24までの数字が隠されていた。アドベントカレンダーというもので、一日からイブの日までを、指折り数えて待つためのものだ。

「今日の分はもう開けてみたかい？」

「いえ」

藤村に言われるままにテディベアの上にある1の数字に触れてみる。金色の毛を持つテディベアの部分が引き出しになっていて、指先で引っ張ると開くようになっていた。中には高級なチョコレートが一粒（一粒五百円ぐらいしそうなヤツだ）、美しい包み紙にくるまれ、収められている。

「まあ、素敵な趣向ね。嬉しいこと。ね、澄香さん」

「はい」

澄香はぎこちなく微笑しうなずく。こうやって、イブの日まで一つずつ扉を開くと、日替わりで見た目にも楽しいお菓子が現れる仕掛けらしい。

嬉しくないといえば嘘になる。お金持ちで親切な足長おじさんの厚意を素直に喜べばいいようなものだが、彼が自分に向ける視線を感じると、やはりそうもいかず、たちまち落ち着かない気分になった。

「仁さーん。お茶が入りましたよ。手を止めていらっしゃいな」

桜子に呼ばれ、テーブルクロスにアイロンをかけていた仁が奥から出て来て、藤村に挨《あい》拶《さつ》をしている。仁が傍《そば》に来ると、暖かい炎の匂いがした。彼がまとって来た空気だ。

初冬とはいえ、曇天《どんてん》の午前中、戸外は寒い。おりおり堂の店先は天井にエアコンがついているが、奥の厨《くりや》や住居部分には届かない。そちらには灯油を使うファンヒーターと、昔ながらのレトロな丸ストーブがあり、仁も桜子も後者を好んでいるようだった。

特に、仁はのぞき窓から炎を見るのが好きらしい。ストーブの前に膝《ひざ》をついて座り、じっと火を見ている仁は、それだけで絵になった。

「面白いものでしょう」

藤村がアドベントカレンダーを示しながら言った。

「こうして数字にしてみると、見えないはずの時間が可視化される。イブの日を楽しみに待つのももちろんですが、僕はね、むしろタイムリミットを示すものとして面白いと思うんだよ」

言葉の後半は澄香に向けられたようだ。澄香はうなずき、花の形そのままに固まった美しい砂糖菓子を一粒つまむ。舌の上でしゃりりと甘い砂糖のコーティングが溶けて、スミレの香りが拡がった。香り豊かな紅茶とあいまって、一瞬、春の野原にいる気分になる。

これから本格的な冬が始まるというのに、奇妙な錯覚だった。

帰り際《ぎわ》、藤村はコートを渡そうとする澄香の手を取り、思わず身をすくませる澄香に言った。

「そろそろ待つのは止《や》めにしようと思っているところだ。待っていても君たちは何も進展しないからね。時間は有限だよ、澄香さん。君にとって何が幸せなのかよく考えるんだ」

藤村は背後の仁を顧《かえり》みて続ける。

「仁さんもいいか？　こっちも本気を出すからそのつもりでいたまえ」

いつの間にか山田さんから澄香さんに昇格したようだ。それはまあいいとして、藤村さん、やっぱり諦めてなかったんだなあと、澄香は考えていた。

まあ、そりゃそうか……。ただのお人好《ひとよ》しの足長おじさんであるわけがない。だが、きれいなチョコも、こないだもらった高価な松茸《まつたけ》ももう食べてしまったあとだ。今さら、どうしようもない。

さて、どうしたものだろうかと半ば呆然《ぼうぜん》としつつ彼を見送り、入口の格子戸《こうしど》を閉めて、ふり返る。仁も桜子も何も聞かなかったような顔で、クリスマスのしつらえを見ながら話をしていた。

宣戦布告のような藤村の言葉にも、仁は無言のままだった。

関心なんてない？　それとも私が藤村さんと結婚した方がいいと思ってる？　内心、つぶやく。

ああ、まただ……。

次の瞬間には自分の浮ついた気持ちに自己嫌悪を抱く。

しかし、今の状態が膠着《こうちゃく》しているのも事実だ。こうしていても何も変わることはない。

仁にはっきり言われたはずではなかったか。

タイムリミット――。

口の中に残ったスミレの花の残り香を転がしながら、澄香はぼんやり考える。澄香が最初にここへ来たのは三月だった。春から夏、秋を過ぎ、冬へ向かう。

リミットが近づきつつあるのは自分でもよく分かっていた。

藤村の言った意味とは少し違うが、せわしい気分の中で、年末を一つの区切りと考える人は多いようだ。新年を新居で迎えたいとか。仕事の納期だって、年度末や決算期とは別に、やはり一つの節目という意識が働く。

年内に決着。この節目の意識は、時に人間関係においても表れる。

澄香はここ数日で、この言葉を既《すで》に一度聞いていた。

先日、くるみと大河《たいが》姉弟の父、小山《こやま》が店を訪ねて来た。その席で「年内の入籍を考えている」と聞かされたのだ。相手は澄香が駅で見た若い女性だ。名はミカといい、自身も二人の子を持つシングルマザーだった。

小山はシングルファーザーだ。亡くなった妻の瑞絵《みずえ》が残したレシピをもとに、仁が料理を作りに通っていた時期がある。数年経《た》った今でも、彼女の命日と子供たちそれぞれの誕生日、仁は彼らのもとを訪ね、そのレシピを作ってきたのだ。

だが今年は、亡くなった奥さんの命日にも仁が小山家を訪ねることはなかった。小山はぎりぎりまで迷っていたようだが、再婚相手に気を遣《つか》って、仁を呼ばなかったのだ。

仁は最後までその日に他の予約を入れようとせず、結局、その日は休みになった。澄香はこれ幸いとばかりに、包丁さばきの個人教授を受けたのだが、彼は残念がる様子もなく、淡々とその日を過ごしていた。小山家への出張は元々が半分プライベートだという彼の言葉の通り、休みになったからといって特段、損失が出るような話ではない。だが、仁にとっては特別らしいその機会がなくなることを彼がどう思っているのか。澄香は気になっていた。

もちろん、小山たちも命日に何もしなかったわけではない。再婚相手の女性、ミカも含めて皆で仏壇に手を合わせることはしたようだ。

ただ、わざわざ仁を呼んで料理を作らせるのは、さすがにミカに対して憚《はばか》られるということなのだろう。

くるみ嬢たちの七五三のお祝いも、ミカ側の親戚を集め、小山父子のお披露目を兼ねておこなわれたようだ。ミカの両親は離婚しているとのことだったが、それでも母方の親戚が大勢顔を見せたという。

その席で小山は「籍だけでも早く入れろ」と向こうの親戚たちからせっつかれたらしい。酒の席でもあり、「いつまでミカを家政婦代わりにこき使う気だ」「責任取れよ」などと遠慮のない言葉が飛び交い、つるし上げに近い空気になったそうだ。

「あらまあ、ずいぶんと手荒い歓迎でしたわね」

小山の報告を受けた桜子が驚いたように言った。

「裏表がないとも言えるのかしら。お付き合いしやすい方々だといいけど」

「どうなんでしょう」

小山は大きな背中を丸めて、うなだれている。そもそも、現れた時から彼はどこか思いつめた様子で覇気がなかった。

「あら、いやよ。あなた、お祝い事の報告にいらしたんでしょう。どうして、そんなお顔を」

桜子の言葉にかぶせるように小山は「いえ」と言った。

勢い込んで言ったもののあとが続かず、言葉を探すように宙を仰ぎ、ようやく彼は口を開いた。

「俺……本当に申し訳なく思ってるんです。正直、オーナーさんや橘さんにも合わせる顔がないです。瑞絵が亡くなってから、あんなによくしてもらったのに、ちゃんと挨拶もしないままに、こんなことになってしまって。すみませんっ」

大きな身体《からだ》をテーブルにぶつけんばかりにして頭を下げる。

「まあま、何をおっしゃるの。そんなこと気になさらなくていいのよ。あなたはご自分とくるみちゃんたちの幸せだけを考えておいでなさいな」

ありがとうございますと、口の中でつぶやくように小山は繰り返す。

「それよりもね、小山さん。あなた、そんなに急いでしまって大丈夫？　後悔なさるようなことにならなくて？」

桜子の声に小山はがばりと顔をあげた。

「いえ、それはないです。彼女は本当に俺なんかにはもったいないくらいの人なんです。幸いくるみと大河も彼女とうまくいってますし、どうせ家族になるなら、一刻も早い方がいいんじゃないかと思うんですよ。違いますか？」

何かに憑《つ》かれでもしたように、小山は一気にまくし立てる。

「それはそうよ。でもね、小山さん」

桜子は言葉を切って、小山の表情を窺《うかが》うように見つめた。

「亡くなった瑞絵さんもくるみちゃんたちのお母さんよ。その事は決してお忘れにならないで」

小山は、うんうんとうなずいた。感極《かんきわ》まったようにも、軽くいなすようにも見える。

「分かってます。分かってます……だけど、今ならまだ、新しい家族でゼロからやり直せるんじゃないかって思うんですよ」

小山は何度も頭を下げながら帰って行った。

まるで、今生《こんじょう》の別れのようだなと澄香は考える。

事実、それに近いのかもしれなかった。彼らは年内に入籍し、適当な物件が見つかり次第、ミカの母親の家の近くへ転居する予定なのだそうだ。ここからはかなり距離がある区で、くるみ嬢も転校を余儀なくされる。

くるみ嬢は小学一年生だ。ようやく学校に慣れた頃だろうし友達もいるだろう。

「それは少しかわいそうな気がするわね」

心配そうな桜子の言葉に、小山はうなずいた。貧乏揺すりのようにも見える落ち着かない仕草だった。

「だけど、お母さんの助けがないと五人の子育ては無理だって言うのも分かるんで」

「五人？」

思わず澄香までもが声を上げてしまった。

新しい奥さんを入れて扶養家族が五人という意味なのかとも思ったのだが、違った。小山がもじもじしながらようやく口を割ったところによると、ミカは既に身ごもっているのだそうだ。

「自分はどうしても時間がないですし」

あんぐり口を開けている澄香たちの目を見ようとせず、小山は自分の言葉を正当化するように言葉を重ねた。

「この先、五人育てていかなきゃならないとなると、今以上に残業入れて働かないと厳しいですし、どうしてもね。その方が長い目で見たらくるみや大河のためなんです」

つまりデキ婚ということらしい。そりゃ責任取れって話にもなるわなと澄香は内心考えていた。

そういうことなら、何としても話を前へ進めていくほかないわけだ。

「こういうご家族をステップファミリーというのかしら。みんな幸せになってくれればいいのだけど」

小山の湯飲みを下げながら、桜子が言った。

「そうですね」

仁がうなずく。彼の声を久しぶりに聞いた気がして、思わず澄香はふり返り、「何だ？」と低い声で言われてしまった。

小山がいる間、仁は一言も発しなかった。ただそこにいただけだ。寡黙な彼にとって、それ自体は別に珍しいことではない。むしろ、小山の方が仁を意識していたように見えた。何しろ彼は「おりおり堂」にいる間、一度も仁を見ようとしなかったのだ。まるで、仁に対して後ろめたいことでもあるようだと、隣にいながら澄香は感じていた。

もしかすると小山にとって、仁は亡くなった奥さんの記憶とダイレクトに繋がる存在なのかもしれない。だからこそ、新しい家族を作るためには、仁との関係もきれいさっぱり解消しなければならないのではないか。小山が年末の忙しい合間をぬって、わざわざ「おりおり堂」へ顔を出したのも、これが年内に清算しなければならないものの一つだったからなのではないかという気がする。

確かに、清算しなければならない人間関係がある場合、どこかで明確に線を引かないと、ずるずる先延ばしになってしまうのは分かる。

もう一件、年内に決着を付けなければならないという話を聞いた。

米寿《べいじゅ》のお祝いに出張して以来、おつきあいをいただいている神崎又造《かんざきまたぞう》氏の孫、太津朗《たつろう》さんのことだ。

先月、神崎家で予定されていた七五三のお祝いが間際で中止になった。三歳になった太津朗さんの娘、優奈《ゆうな》ちゃんを一同で囲むはずだったのだ。そのことで太津朗の母、政恵《まさえ》さんがキャンセル料を支払わせてくれと「おりおり堂」を訪ねて来たのである。

高価な菓子折を携えてやって来た政恵さんは桜子との再会を喜んだのも束《つか》の間《ま》、口を開いた。

「もうねえ、何が何だか分からないのよ」

笑いながらも、困惑がありありと浮かんでいる。

「一体どうなさったの？　又造さんご夫妻も楽しみにされていたでしょうに」

桜子が訊《たず》ねる。

「それがね、桜子さん、聞いてちょうだいよ」

政恵さんの話によると、太津朗の妻の沙織《さおり》が突然、「離婚したい」と言い出したのだそうだ。

「まったく、こっちは寝耳に水だっての。そりゃ若い夫婦のことだから、人並みに喧嘩《けんか》はしてたみたいだけど、まさかそんなことを言い出すなんて」

政恵さんが言うには、決して夫婦仲が悪かったようには見えず、自分たちとの間にも感情的な行き違いなどはなかったはずだという。

確かに、又造氏のお祝いの会で澄香も見ていたが、嫁姑《よめしゅうとめ》の軋轢《あつれき》があるようには思えなかった。

政恵さんは割とあけっぴろげな性格の人で、時に遠慮のない物言いをすることもあるが、折に触れ、さりげなくお嫁さんに気を遣っているのが分かった。

まあ、そうは言うものの、澄香の知る限り、嫁姑というのは特別いがみ合うようにできているようではあった。

結婚もしていない自分が語るのもどうかとは思うが、この問題に関しては問わずともあちこちから情報が入ってくるので、いやが上にも耳年増《みみどしま》状態となるのである。

澄香の既婚の友人たちの話を聞いても、それはそれは色々あるようだ。もちろん良好な関係を維持しているところもあるのだろうが、やはり、一度も腹が立ったことなんかないのよ、などと菩薩《ぼさつ》のように言ってのける人にはお目にかかったことがない。表面上はうまくいっているように見えても、ジムでサンドバッグを打つ時は姑の顔を思い描いているとか、紙に恨《うら》みつらみを書き連ねて、時々こっそり読み返しているとか。もう何年も口をきいていないとか。

理屈ではない、とにかく腹が立つのだと友人は力説していた。


だが、太津朗夫妻の場合、嫁姑云々《うんぬん》の前に、そもそも妻の沙織が何故離婚を言い出したのか、今もって分からないのだそうだ。政恵さんたちが驚いたのと同様、太津朗にとってもまさしく青天《せいてん》の霹靂《へきれき》。特に喧嘩をしたとか、太津朗に不貞があったとかではないらしい。あんた何かやらかしたんじゃないのと、政恵さんはそれは厳しく太津朗を詰問《きつもん》したそうだ。

「だって、沙織ちゃんって、割とマイペースっていうか、滅多《めった》なことでは動じないのよ。あの子がそんなこと言い出すなんて、よっぽどのことがあったんだと思ったもんだから」

太津朗夫婦は何度か話し合いをしたものの、沙織は「とにかくもうあなたとはやっていけない」と繰り返すばかりで、納得のいく説明はなかったという。とにかく年内に離婚届けを提出したいので判をついてくれと言われ、ついに温厚な太津朗もキレたらしい。もう、こんな女と夫婦でなんていられない。一刻も早く離婚届けを出しに行く、という彼を政恵さん夫妻は必死で止めたのだそうだ。

「だってね、夫婦だけのことならいいですよ。でも、孫がいるじゃない。あっちは親権は絶対に渡さないって言ってるし。親権ってねえ、母親が圧倒的に有利なんですってよ。よっぽどのことがない限り、こっちには来ないらしいわ」

太津朗さん夫妻には、優奈《ゆうな》ちゃんとナオくんという、二人のかわいい子供たちがいる。もう一度、親族も含めた話し合いをと申し入れているそうだが、沙織はそれにも難色を示しているらしかった。

政恵さんが帰ったあとで、澄香は仁に言った。

「どうしたんでしょうね。太津朗さんご夫妻ってすごく仲が良さそうだったのに」

仁は答えない。

そうでした。他人の事情の詮索《せんさく》や噂話《うわさばなし》がお嫌いな仁さんでした。まあいいのだ。壁に向かって一人寂しくキャッチボールをするのも一興《いっきょう》。めげずにボールをぶつけていれば、いつか壁もひび割れるはず。内部に雨水のしみこむがごとく、私の言葉があなたの心に入りこむのよ――。

などとゾンビの呪《のろ》いのように澄香が内心呟いていると、桜子が言った。

「ねえ澄香さん。太津朗さんて方は家事にも育児にもずいぶん協力的だって、前におっしゃってたわよね」

「そうなんですよ。ご夫婦二人で何でも協力し合っているというか、二人でひとつの船を漕いでいるみたいに息がぴったりで……」

つい力説してしまい、その二人の現状に思い至って、澄香はしゅんとなる。

十二月十三日は、正月事始《しょうがつことはじ》めだ。昔はこの日に、すす払いや、門松《かどまつ》や煮炊きに使うための松を切りに行く松迎え、注連縄《しめなわ》作りなどがおこなわれたそうだ。現代でも神社仏閣のすす払いはこの日に行われることが多いようだが、一般家庭ではどれも少々早い印象だ。

「とはいえ、少しずつお掃除を始めていかないと」

「骨董・おりおり堂」では、オーナーの桜子がそう言って、普段はなかなか手入れができない場所から掃除を始めている。彼女は現在ここに住んでいるわけではないが、「おりおり堂」は店舗部分の奥に昔の居住スペースが長く延びた造りだ。古い建物でもあり、掃除には骨が折れそうだった。

「俺がやりますよ」と仁は言うものの、実際、今月は後半になるほど忙しく、休みがない。

特に金曜日、土曜日のパーティーなどはどうしてもお開きの時間が遅くなりがちだ。仁は出張から戻って深夜に掃除をし、そのままここに泊まりこむつもりらしかった。

「あ、仁さん残るんですか？　じゃあ、私も残ってお手伝いしよっかな」

澄香の呟きに仁は首をふった。

「ダメだ。お前はちゃんと帰って身体を休めて、明日に備えろ。まだまだ忙しいんだ、倒れられたりしたら困る」

澄香は思わず、今ここで倒れそうになるのをこらえる。いつもながら、このイケメンの何気ない言葉の破壊力はどうだろう。決して格好をつけているわけではないのだ。きわめてぶっきらぼうな言葉にもかかわらず、優しさがにじみ出ているとは何事なのか。

ぐはあと血でも吐きそうになるのを抑えつつ、澄香は言った。

「でも、仁さんこそ無理しないで下さいね。私の代わりはいても、仁さんの代わりはいませんから」

あ。誰だお前。

自分の言葉が気恥ずかしく澄香は赤面した。

今のは真意ではあるが、自分のような恋愛偏差値の低い女が弄《ろう》すべきものではないと、喋《しゃべ》り終わった瞬間に激しく後悔したのである。ドラマか少女漫画か何か、どこかで聞いた台詞《せりふ》をもっともらしく口にしてしまった。

澄香の高校時代の友人に、諸岡《もろおか》みうという女がいる。彼女は凄腕《すごうで》の恋愛ハンターであり、何故、ゾンビである澄香と友人関係にあるのか分からないのだが、一周まわって気が合うのだ。その諸岡に言わせれば、恋愛に関する澄香の面倒くささはもはやカビのレベルだそうである。

こんなレベルではクリスマスもお誕生日もどうにもなるまい。

いささか挙動不審になっている澄香を置いて、仁は立ち上がると店の奥へ向かった。後ろ姿で彼が呟く。

「お前の代わりもいない」

一瞬ののち、脳みそで言葉の意味を理解して、狙撃されたかと思った。それほど衝撃的だったのである。

い、いや、落ち着け。これはあくまで仕事上の評価、勤務評定というヤツだと言い聞かせても、澄香の内なるゾンビがざわざわと騒ぎ立ててやまなかった。

罪だ。無自覚なイケメンの何気ない一言がいちいち澄香を揺さぶるのであった。

「お先に失礼しまーす」

ふわふわと地に足が付かぬ思いで店を出ると、ちょうど街灯の下辺りからこちらへ向かって歩いて来る人影が見えた。女性のようだ。ただ、どうも歩き方が妙なのだ。首から上がぐらりゆらりと左右に傾いでいる。

酔っ払っているのかとも思ったがどうも違うようだ。ヤバイ感じの人かと思い、少し身構える。

すれ違う瞬間、相手の女の顔を見て、澄香は、ん？　と首を傾げた。どこかで見た気がするが、咄嗟《とっさ》に思い出せなかった。

数歩行き過ぎて、思わず声を上げる。

「あ、あれ？　沙織さん？　沙織さんですよね？」

女がふり返る。間違いない。太津朗の奥さん、優奈ちゃんとナオくんの母親、沙織さんだ。

とはいえ、会うのは七月以来だ。向こうだって覚えていないかと思い、澄香は言った。

「お久しぶりです。おりおり堂の山田です。七月の又造さんのお祝いではお世話になりました」

頭を下げながら、澄香は次第に違和感というか、気味の悪さが募《つの》っていくのを感じていた。沙織の目の焦点が定まっていないように見えるのだ。

彼女はどこかドロンとした目で澄香の顔を見、ゆっくりとうなずく。そのまますれ違い、ふらふらと歩いて行く。

澄香は思わず立ち止まってしまった。

ちょっと待ってよ。こんな時間に、一体どこへ行くつもりなんだろ？　首を傾げる。

妙なことは他にもあった。沙織は手ぶらなのだ。両手をぶらんと下げた状態で歩いている。近所のコンビニに出かけるならばそれも分からなくもないが、沙織の住む家はここからは随分遠いはずだ。

家？　あれ。実家に帰ってるんだっけ？

いや違う。沙織の実家までは新幹線で二時間ばかりかかると、この前、政恵さんから聞いていた。彼女は当初、同居したままの状態で太津朗と離婚話をしていたそうだ。だが、太津朗がキレてからは、彼の方が自分の実家に戻り、沙織と子供たちはマンションに残っているのだそうだ。

彼女がここにいることが偶然とは思えない。やはり行き先は、「おりおり堂」だと考えるべきだろう。

「あ、あの。沙織さん。ウチに何かご用ですか？」

沙織は答えない。うわあ困ったぞ。なんか怖いし。第一、間もなく「おりおり堂」だ。こんな状態の女を仁に近づけるわけにはいかない。

「えーと、今日はお子さんたちはどうなさったんですか？」

沙織の顔色が変わる。

彼女はカッと目を見開くと、すごい勢いで走りだした。「骨董・おりおり堂」にたどり着くと、うわああと叫びながら格子戸をガンガン叩く。

「殺してやるうぅ」総毛立つような恐ろしい叫び声だった。

プロの手に委《ゆだ》ねたいのは山々だったが、クライアントの家族に対し警察を呼ぶわけにもいかず、あの手この手でなだめながら、沙織を「おりおり堂」のテーブルに座らせる。

仁はお茶を淹れている。

沙織はじっとうつむいていた。彼女の髪は何日も洗っていないようで、べっとりと脂《あぶら》が浮いて、少し異臭を放ってもいる。服装も何となくちぐはぐだ。パジャマのような上衣にひらひらしたスカート、店内に入っても分厚いコートを脱ごうとしない。メイクもなしだ。七月に会った時には割合小綺麗《こぎれい》にしている感じがしたのだが、今は完全なノーメイクに黒ずんでむくんだ顔。肌荒れもひどい。

前に座った澄香はおそるおそる当《あ》たり障《さわ》りのないことを話しかけながら、彼女の様子を見ていた。さっきみたいに暴れ出されては困るし、いざという時は、澄香が身体を張って店への被害を防がねばならない。

もちろん仁の方が力はあるのだが、身体を触られたとか何とか、後々問題にされては困るのだ。

時間も時間だし、この様子で外に放り出すわけにもいかなかった。政恵さん経由で太津朗に連絡を入れてもらい、彼が迎えに来てくれるのを待つことにした。

それにしても、と澄香は落ち着かない。

「殺してやる」って、一体誰を？　何故そんなことを？

真意を確かめたいところではあるのだが、不用意なことを言って、再び相手を激高させてもまずい。どう見ても彼女は通常の精神状態ではないのだ。まさしく腫《は》れ物《もの》に触るように接し、お茶を勧《すす》めながら、澄香は不意に胸をつかれるような思いがした。

七月の、又造さんのお祝いの日のことを思い出したのだ。

「あとちょっとで、ナオくんもおっぱい卒業だねえ」

離乳食を与えながら、彼女は息子のナオくんに話しかけていた。あの時の愛情にあふれた優しい表情と、今、目の前にいる人が結びつかない。

幸せを絵に描いたような家族。又造さん夫妻、政恵さん夫妻、そして太津朗、沙織の若夫婦。四世代が集まり、おいしい料理を囲んで、お祝いをする。可愛《かわい》い子供たち、笑いの絶えない食卓。互いを信頼し、支え合っているのが伝わってくる、仲の良い家族。

澄香はあの時、船を見ていた。又造さんと奥さんが二人で漕《こ》ぎ出《だ》した船が、きちんと世代を繋いで、ここまで続き、おそらくこれから先へも続いていくのだろうと。そう思ったのだ。

だが、今、何かがおかしい。何かが壊れ始めている。

一体何があったら、どこで歯車が狂ったら、こんなことになるのだろうと澄香は思った。

沙織は迎えに来た太津朗に連れられておとなしく帰って行った。特に抗《あらが》うこともなく、タクシーに乗り込んだのだ。だが、太津朗が平身低頭《へいしんていとう》、「また改めてお詫《わ》びに伺います」などと言っている声に混じり、扉が閉まる直前、はっきり聞こえた。

「死ね」と一言。沙織の声だった。

走り去るタクシーを見送り、仁と二人、顔を見合わせる。

「えーと。もしかして、いや、もしかしなくても、私たちに言ってるんですかね。やっぱり」

「いや、俺にだろう」

澄香の言葉に、仁がぼそりと答える。

「えっ、なんでですか？　なんであの人が仁さんにそんな」

「分からない」

仁はそう言い置くと、何事もなかったかのように、中断していた掃除の続きを始めてしまった。

あまりのことに何となく帰りそびれてしまい、うろうろと仁の掃除を手伝っていると、仁が「遅くなったな。送って行こう」と言う。

「大丈夫ですよ、まだ最終に間に合いますし」

「いや、物騒《ぶっそう》だ」

沙織のことだろうか、などと思っていると、表でタクシーの止まる音がする。真《ま》っ青《さお》な顔で駆け込んで来たのは、帰ったはずの太津朗だった。

「え、どうされたんですか?」

「いや、それが……。子供たちって、こちらへ来てないですよね」

「いいえ。って、いないんですか?」

三歳と一歳の子供が二人でここへ来るはずはない。どうやら彼は沙織がここへ連れて来て、置き去りにしたのではと考えていたらしかった。

太津朗の狼狽《ろうばい》ぶりはひどいもので、なかなか要領を得ない。携帯を握りしめ、時折かかって来る実家の両親からの連絡にも上《うわ》の空で答えている。

なんとか言葉を引き出し、どうやら話が繋がった。

沙織を連れて、急いでマンションの部屋に戻ったところ、留守番をしているはずの子供たちがいなかったそうだ。

太津朗は当然、沙織が子供たちを寝かしつけてから出て来ているのだと考えていたらしい。それとて、もちろん褒《ほ》められた行為ではないが、いざ帰ってみると子供たちはいない。

沙織を問い詰めてみたが、何も答えない。うつむいて、ブツブツ何事か呟いているばかりなのだという。

自分の実家はもちろん、沙織の実家にも問い合わせてみたが、先方はそもそも離婚話そのものを知らされていなかったらしく、遅い時間の電話に驚くばかりだったという。

太津朗は澄香と仁を相手に同じ言葉を繰り返し、嘆いている。

「まさか沙織が子供たちをどうにかするなんて思わなかった」「何か異常なのはうすうす感じていたが、子供たちに危害を加えるようなことだけはするはずがないと思っていた」「こんなことなら、自分が目を離すんじゃなかった」と。


この事件そのものは、翌朝解決を見た。優奈ちゃんとナオくん姉弟が親戚の家に預けられているのが分かったのだそうだ。もちろん無事だ。

後日、太津朗が改めて挨拶がてら報告にやって来た。

「良かったですね」

思わずそう言う澄香に、彼は憂鬱《ゆううつ》そうな顔で首をふった。

「ところが、そうじゃないんですよ」

どういうことかと思ったら、その親戚というのが問題なのだという。沙織はそこへ子供を連れて駆け込み、今は自分もそこに居着いてしまっているそうだ。

「沙織さんのご親戚ですか？」

ってた人で……」

「いや、僕の方です。母方の伯母に当たる人なんですけど、もう何年も親戚中と疎遠にな

太津朗はお洒落《しゃれ》なフレームの眼鏡《めがね》がずり落ちて来るのをしきりに直しながら言う。

憔悴《しょうすい》しきった顔。いつもお洒落な印象の人だったのだが、髪型もボサボサとして無頓《むとん》着《ちゃく》な感じだ。

「僕たちの結婚式にも来なかったぐらいで、沙織は面識がないはずなんです。なんで、今頃、いや、なんで沙織があの人に……」

沙織は離婚を言い出す少し前から、その家に出入りするようになっていたらしい。太津朗は、離婚話そのものが、その伯母の差し金かもしれない、と言う。

どうも、よく分からない話だ。何故、実の伯母さんが甥《おい》夫婦の関係を悪くするようなことをするのか。首を傾げる澄香たちに、太津朗は困り果てたように言う。

「いや、それが。ちょっと常識が通用しないっていうか、うーん、ちょっと説明できないんですけど、特殊な考え方をする人でね。理解できないっていうか……だから、親戚とも距離があるような人で」

太津朗は眼鏡を外し、指先で目頭を押さえた。

「一体、なんでこんなことになったんだ」

独《ひと》り言《ごと》のように言うのである。

「なんで沙織が彼女のところへ行ってしまったのか、本当に分からないんですよ」

「あの……そのおばさまは、何か宗教的なことをされているんでしょうか？」

言おうか言うまいか迷いつつ、澄香は訊いた。

実は、実家の母から似たような話を聞いたことがあるのだ。母の知人のきょうだいの嫁とか何とか、かなり遠い人の話だが、新興宗教に入信し、ある日突然、家を飛びだし、子供を連れてその教団施設で共同生活をしているらしい。その人は完全に洗脳されていて、家族の説得にもまったく耳を貸さず、財産も根こそぎ教団へ持って行ってしまったそうだ。

「いや、そんな感じではないです」

太津朗は首をふった。

彼は子供たちを連れ戻すために、母の政恵さんと二人でその人の家を訪ねたが、別にこれといって変わったところのない普通のマンションだったという。しかし、何を言っても沙織は聞く耳を持たない。更にショックなことには、子供たちは父親との再会を喜んだものの、連れ出そうとすると沙織に取りすがって泣き、絶対に彼女から離れようとしなかったのだそうだ。

「でも、確かに、洗脳っていうのがぴったりです」

子供たちを連れ帰ることはできず、その伯母からも離婚を迫られ、ほとほと困った太津朗は、その人に頭を下げたそうだ。

『伯母さん、お願いします。せめて沙織ともう一度、ちゃんと話をさせて下さい。もし、俺に悪いところがあるなら直すし、沙織に言い分があるなら、ちゃんと聞くから』

太津朗の言葉に対し、その伯母は冷たく言ったそうだ。

『今更、何を言う。一度は離婚を承諾したのでしょう。沙織が本当は何を望んでいるのか、何に困っているのか知ろうともせずに、のうのうと暮らし、七五三のお祝いだなどとは片腹痛い』

澄香は思わず、えっと声を上げた。

「七五三のお祝い、って言われたんですか？」

何故そこで七五三が出て来るのだろう？　それではまるで、それが沙織が離婚を言い出した原因のようにも聞こえるではないか。

そういえば、と澄香は思い返している。

七五三のお祝いの打ち合わせに行った日、会場が太津朗の家から彼の実家に変更になり、結局、沙織は姿を見せなかった。そして今、沙織は何故か「おりおり堂」に対して恨みを抱いているように見える。

殺してやるだの、死ねだのと言うのだ。何か思うところがあるのは間違いないだろう。

言葉を選びながら訊ねてみると、太津朗はうなだれた。

「本当に申し訳ないです。なんでか沙織はこちらに対して何かネガティブな感情っていうのか、なんかあるみたいなんですよ。僕にもよく分からないんですけど……」

態度には出さないものの、仁は少し落ち込んでいるようだった。車を運転しているような折にも、ふと気がつくと、何か考え込んでいる。

「仁さん、もしかして沙織さんの離婚理由がウチだとか思ってます？」

答えない仁に、澄香はわざと明るい声で言う。

「そんなわけないじゃないですかぁ。プロの料理人においしい料理を作ってもらって恨みを抱くなんてありえないですって！」

「けど、事実だろ」

「えーっでも、そんなの。仮にそうだったとしても逆恨みなんじゃ……」

昼顔妻に憧れた沙織が、イケメン出張料理人にアプローチし見事玉砕《ぎょくさい》したというならば、恨みをかうということもあり得ない話ではない。実際、過去には肉弾攻撃も辞さぬ団地妻やストーカーなどそういう騒ぎはいくつもあったと聞く。

だが、沙織に関してはまったくそんな兆候はなかった。仁をそういう女性から守る虫除《むしよ》け女の役割でもある澄香の目を盗んでこっそり仁にアプローチした様子もない。というか、それならそれで仁がそう言いそうなものだ。

むしろ、澄香は太津朗の伯母なる人物が気になっていた。

十二月の後半。「出張料亭・おりおり堂」の忙しさは聞きしに勝《まさ》るものだった。クリスマスパーティーに忘年会。果ては趣味人による冬至の宴《うたげ》まで。夜はもちろん、平日の昼間にも奥様方やシニア層などの集まりが予定されている。かなり大人数のものから、家族だけのこぢんまりしたものまで、人数も予算も会場もバラエティーに富んでおり、毎日毎晩目まぐるしく変わる。その合間をぬって、先の予約の打ち合わせ兼下見をする時間も取らねばならない。

太津朗夫妻や小山のことも気にはなったが、正直なところ目の前の仕事をこなすだけで精一杯で、毎日あっという間に時間が過ぎていってしまうのだ。

気になるといえば、仁へのプレゼントのこともあった。参考になるものはないかと思い、出張先でクリスマスパーティーのプレゼント交換などをさりげなく観察しているのだが、なかなかこれといったものはない。

友人同士のパーティーではプレゼント額にも上限が設けられていることが多く、大体、気の利いた雑貨や小物などが多いようだ。クリスマスだというのに、澄香が期待したような〝恋愛モードも最高潮、世の中にアナタ以外の人類はいないのよレベル〟のカップルによるロマンティッククリスマスディナー（別にランチでもいいが）と呼べるような予約はあまりなかった。

もしかすると、仁や澄香が邪魔なのかもしれない。出張料亭の性質上、依頼主のお宅のかなりプライベートなスペースに入り込んでしまうものであるため、水入らずで料理を楽しめる反面、テリトリーを侵され落ち着かないと思う人もいるようなのだ。

もっとも、こちらもプロなので、別にお客様が何をされていようとも、粛々《しゅくしゅく》とやるべきことをやる。完全な黒子《くろこ》とお考えいただければよろしいようなものだが、料理人が仁のようにイケメンであると、なかなかそうもいかないのかもしれない。

ラブラブカップルからのクリスマスディナーの打診も何件かあったのだが、結局成約したのは一件だけだった。しかも、それは二十四日の夜。まさにクリスマスイブ当夜なのだ。

澄香の乙女妄想が発動する。最近、あまり発動していなかったのだが、さすがに小学生レベルの恋愛スキルではこの難局（クリスマスとお誕生日のWコンボ）を乗り切ることはできそうにないので、カビとゾンビに占領された腐海の奥から久々に顔を出したのだ。

以下がその内容である、

恋人たちのイブの夜。壁をも溶かす熱いハートビームが私たちにも飛び火して、何だかとろりといいムード。仕事を終えて後片付け、そのまま二人で午前零時《れいじ》を迎えれば、そこは愛するアナタの誕生日。輝かしい光に溢《あふ》れたニューフィールド。さあ、めくるめく新しい一年の始まりよ――

もしかして、聖夜の奇跡が彼の頑《かたく》なな気持ちを溶かすかもしれない。

「メリークリスマス、仁さん。そして、お誕生日おめでとう。マイスイートハート」なんつって。

自らの妄想に酔いつつ澄香は、ぐふうとしのび笑う。

しかし、そこで気の利いたプレゼントを手渡さねば格好がつかない。夜な夜なネットで探し続けた澄香はついに、これぞ！ というものを見つけた。

舶来、限定レアものボールペンだ。つや消しのシルバー。品があって、重厚で、しかし機能的。かつそのフォルムをよく見れば絶妙なカーブを描いており、ある意味官能的とも言える。購入したマニアらしき人が熱く語るレビューによれば、軽すぎず重すぎず、大きめの男の手にしっくりとなじむそうだ。

仁は打ち合わせの時などにボールペンを使っているが、特にこだわりはないようで、その辺にあるものをそのまま手にしていることが多かった。仁が持てば、たとえそこいらのスーパーの販促用ロゴ入りボールペンでもそれなりに絵になってしまうので、あまり気にしたことがなかったが、これぞまさしく天の配剤《はいざい》。仁が持つのにこれ程ふさわしいものが他にあるか。いやない。だが、問題が一つあった。これをネット経由で注文すると、到着までに二、三週間かかるそうで、越年《えつねん》必至。ロマンティックナイトには絶対に間に合わない。

同じ商品を扱っていそうな老舗《しにせ》の文具店、デパートには何軒か心当たりがある。だがしかし、悲しいかなこの繁忙期、澄香にはそこまで行く暇がないのである。

澄香は片っ端《かたっぱし》から問い合わせの電話やメールを入れ、ようやく一軒、在庫の残っている店を見つけた。一応取り置きを頼んだものの、どう考えてもそこへ行く時間が取れない。

隙間《すきま》もなく埋まった予約の場所と時間から考えて、唯一、何とかなりそうなのは、二十五日当日の昼と夜の合間だった。

うーむ。と澄香は考えこむ。となれば、午前零時案は却下だな……。まあ、仕方がない。二十五日の夜の予約はおじさんたちの忘年会であまりロマンティックではないが、お開きのあとで渡せばいいことにしよう。二十四日のロマンティックナイトで盛り上げるだけ盛り上げて、その時を待とうという計画である。

クリスマスイブの前日は祝日だ。昼間、近所の教会で日曜学校の子供たちを集めてパーティーがあり、出張料理兼簡単な料理教室を頼まれていた。子供たちに教えながらクリスマスの料理を作るのだ。

小さい子にも手伝えるようにと、メニューは手作りピザと、ツリーのサラダ。お母様方はミートローフの担当だ。

教会には付属の保育園があり、そこに通う子供たちも来ている。五十人近い子供たちが、わあわあと好き勝手に動き回る現場に、澄香は一瞬卒倒しそうになったが、園長先生を始めとする老シスターたちがエプロン姿で現れ、上手に子供たちを誘導してくれた。

「ジーンッ」

おっ？　と思う間もなく、坊主頭の男の子が駆け寄って来て、仁の足にかじりつく。

「あれ、大河」

入口の方を見ると、くるみ嬢が立っている。

「こんにちは。くるみちゃんも来たんだ」

思わず声をかけると、たちまちくるみ嬢の顔が歪《ゆが》み、いつものブサ猫フェイスのようになってしまった。なぜか澄香は、くるみ嬢のこんな顔しか見たことがないのである。

耳をつんざくような子供たちの歓声の中、シスターの一人に聞いたところによると、大河はここの園児で、くるみ嬢も去年まで通っていたそうだ。

「お母さんは？」

そうだったのかと思いつつ、ミカの姿が見えないので訊ねると、会場まで二人を送って来たものの、用事があるからとすぐに帰ったらしい。

やはり今年いっぱいで大河の転園が決まっているそうで、これが最後のクリスマスになるからと、子供たちだけでも参加させてくれるようシスターたちがミカに頼んでくれたのだそうだ。

子供たちを誘導する羊飼いのようなシスターたちに助けられながら、大広間に並べられた机の間を回る。粉で真っ白になってピザの生地《きじ》をこねる子もいれば、高学年の中には包丁で細かい作業をする子もいる。くるみ嬢はその横で顔を赤くして、型抜きで野菜の型を抜く作業にいそしんでいる。ポテトサラダで作ったツリーに、ブロッコリーの木、プチトマト、星やハートの形のにんじんやハムなどをピックで刺していくのだ。

ピザは手作りの生地に、トマトの缶詰を煮詰めて作ったピザソースをたっぷり塗って、子供たちの大好きなソーセージにコーン、ベーコン、ピーマンなどをトッピングする。

アレルギーのある子供たちのためには、「チーム米粉」「チーム・ノーたまご」などと称したグループを作り、それぞれ代替の材料で他の子たちと同じ見た目のものを作っていた。

喧噪《けんそう》と混乱の中、ようやく準備ができて、試食の段階までこぎ着けた時には、澄香はかつてない疲労と達成感に心からビールを欲したものだ。しかし、何分《なにぶん》にも教会の集まり。振る舞われたのはおいしい麦茶だった。

お迎えを待つくるみ嬢や大河と話す間もなく、後片付けをして次へ向かう。大河はお友達と遊ぶのに忙しくて、立ち去るこちらに気付いていないようだったが、くるみ嬢がじっとこちらを見ているのが気になった。澄香は「じゃあ帰るね」と手を振ってみたが、あいかわらず不機嫌そうな顔でノーリアクションだ。

それにしても、と仁の車の後部座席で澄香はほほえましく思いだしている。

クリスマスの集まりだからだろうか、くるみ嬢の頭にはピンク色のふわふわしたリボンがのっかっていた。服装は特に変わったところのない普段着だったが、ブサ猫によく似た顔とピンクのリボンがとてつもなくアンバランスで可愛らしかったのだ。

いよいよ、イブの夜が来た。恋人たちの甘い夜。決戦の時だ。——と思ったのだが、この日は最初から波瀾《はらん》含みだった。

夕方、約束の時間にレトロなアパートの一室を訪ねると、依頼主の女性が、部屋をぴかぴかに掃除し、かなりドレスアップした姿で待っていた。着ていたのは、胸元と肩を大きく露出したロングドレスだ。彼女はその上にフリースの上着をはおっており、予定より三十分も遅れた彼がようやく到着した瞬間、彼女は華麗にそれを脱ぎ捨てて出迎えた。

しかし、畳《たたみ》の上でロングドレスはどうなのか。

彼女は割と小柄な上に、髪の毛をかなり大きく盛って、キラキラ光る飾りを付けている。ヒールがない分、どうもバランスが悪いのだ。

やって来た男は一瞬ぎょっとした様子で「寒いから上着を着たら？」と勧めたが、優しいようで冷たい一言だと澄香は思う。

何となく、この空回《からまわ》りのしかたが他人事《ひとごと》とは思えず、澄香は内心はらはらしていた。

どうにか着席し、スパークリングワインで乾杯というところまではこぎ着けたのだが、椅子に座った男の腰が半分浮いているように見える。そこまで言うと大袈裟《おおげさ》かもしれないが、気もそぞろでよそ見ばかりしている印象だ。早々に切り上げ、帰りたがっているのが傍目《はため》にもありありと分かる。

うわあ、熱くない。熱くないぞ、恋人たちよ。と澄香は内心頭を抱えた。

仁の足下《あしもと》にも及ばないものの、男は割とイケメンだった。そこそこの会社のサラリーマンのようで、持ち物も悪くない。年齢までは分からないが、もしかすると、まだ二十代なのかもしれない。少なくとも、女性よりはかなり年下のように見えた。

彼女の方はまあ美人と言えなくもないが、少し暗い印象を受ける。というか、存在感そのものが薄い感じで、身体も薄い。スレンダーなのは羨《うらや》ましいが、彼女の場合は細いというより薄いのだ。

更に、打ち合わせの時からちょっと思っていたのだが、彼女は生真面目《きまじめ》というのか、話す内容にあまり面白みがない。いや、もちろんそれが悪いわけではない。きっと彼女のいいところでもあるはずなのだが、その生真面目な彼女が懸命に男に話しかけ、明らかに空回りしている様子を見ていると、痛々しくて涙が出そうだった。

ゾンビ仲間と呼ぶのは失礼かもしれないが、どうにも身につまされるのである。

思えば、一年間でもっとも予約の取りにくいこの日の出張だ。当然、希望者も多い。だが、今夜の予約自体は一年近く前から埋まっていたのだと仁から聞いている。この彼女からだ。

予約票には仁の字で「彼とのディナー」とあった。仁が事務的な事項のほかに、そんなことを書き込むときは大抵、依頼主の言葉が特徴的だった場合だ。もちろん揶揄《やゆ》するつもりで書いているのではない。それが顧客にとっての最重要事項であると彼が判断したからなのだ。

しかし、そうなればいよいよ悲しい。悲しいのだ、彼女の必死のフォローが。

「ねえ、たっくん」

彼女の呼びかけに、「あ」とか「ん」とか、どうにもはっきりしない返事。

飲み物ではない。

「このカクテル、まるで私たちのようだと思わない?」

飲み物ではない。広口のシャンパングラスにアボカドとカニのほぐし身の和え物《あえもの》を盛り、赤と黄色のパプリカを細かく切ったものを散らし、出汁《だし》とレモン、隠し味の柚子胡椒《ゆずこしょう》をきかせた金色のジュレをかけて星空に見立てたものだ。

彼女との綿密な打ち合わせの結果、たっくん好みの〝大人の和のクリスマス〟をコンセプトに仕上げられた珠玉の料理の一つだ。

「どこが?」

たっくんは料理に夢中になっている風で、いかにもどうでもよさそうに言う。

「だってほら、すごく合うでしょ。アボカドとカニって、生まれた場所も育った文化も全然違うのに」

「うーん……でも、それって合うように料理してくれてるからだよね。正直、カニとアボカドだけ並べられても困るんだけど」

和洋折衷《せっちゅう》、美しい八寸《はっすん》もフォアグラの茶碗蒸しも空回りする会話の中に消えていく。もったいない。ああ、もったいないと澄香は思っていた。料理人の心のこもった料理は、やっぱり楽しい雰囲気の中で、おいしく食べてもらいたい。一つ一つの依頼に全力で向き合う仁の姿を見ているとそう願わずにはいられなかった。まして、今夜はせっかくのクリスマスイブである。

いや、今夜の晩餐《ばんさん》も結論から言えば、熱いことは熱かったのだ。別の意味で。


メインの前の、サーモンのパイ包みのところで、事件は起こった。

その前から、今にも爆発しそうな湯沸《ゆわ》かし器を見ているような危うさはあったのだ。澄香のはらはらも極限にまで達していた。

通常、出張料亭ではある程度、時間の余裕を見込んであり、話が弾んでいたり、食べるのがゆっくりめのお客様の場合は、それに合わせて料理を作り、お出しする。その逆もしかりで、食べるのが早い方や、あまり話をなさらず場が持たないような場合は早めの進行を心がけるようにしていた。

だが、今回は非常にペース配分が難しかった。たっくんが急いでかき込むように食べているのに対し、彼女の方は少しでも時間を引き延ばそうとするかのように、ゆっくりゆっくり食べるのだ。しかも、たっくんに話しかけるたびに、いちいち箸《はし》を置く。

そして、ついに、その時が来た。苛立《いらだ》った声で、たっくんが言ったのだ。

「あのさあ、そういうのホント、ウザイから。もういいよ。止めにしよう」

背中で聞いていた澄香は内心悲鳴を上げる。仁はと見ると、知らん顔だ。

「やめにって、何？　あ、お料理？」

彼女は必死だ。

「なわけないだろ。いい加減、気付いてくれよ。俺、もうホントにうんざりなんだ」

たっくんはある意味で、澄香たちをいないものとして話をするのが上手だった。つまり、遠慮なく内幕を暴露して憚らないということである。

その言葉をつなぎ合わせて推測するに、どうやらたっくんには他に本命の彼女がおり、実は今まさに別の場所で彼女を待たせている状態らしかった。「アンタがどうしても今日のご飯だけ付き合ってくれって言うから仕方なく付き合ってやってる」のだそうだ。彼女は、〝なかなか予約が取れない出張料理人〟のレアな料理をごちそうするからと、どうにか今夜たっくんを呼びこむことに成功したようだ。

「確かに、料理はうまいよ、料理はな。だけど、もうこれ以上、時間ないし。悪いけど帰るわ」

「待って、たっくん。せっかくのイブじゃない。もうちょっとだけ、ね？　一緒にいようよ。ほら、メインももう出るし」

帰りかけるたっくんの腕に、胸を押しつけるという捨て身の行動に出ながら、彼女は取りすがる。

「離せよ。まだ分からないのか、イブだからだよ。アンタなんかといたくないって言ってんだよ。いい加減、自分の立場をわきまえろよ」

更に続くたっくんの言葉は何故か、彼女の薄いボディーを通り過ぎて、ことごとく澄香に突き刺さって来た。

「カン違いすんなよ。アンタはそもそも俺の何でもないし。結婚なんか百年経《た》ってもないから。って最初にそう言ったよな？　それでもいいならって付き合ったはずだぞ」とか。

「なし崩しにどうにかなるとか思うなよ。時間かけりゃどうにかなるとか、もう百二十パーセントないから」などと。

きつい言葉を投げるだけ投げて、たっくんはドアを叩きつけるようにして出て行ってしまった。

残された彼女は、うっ、ぐっと泣きながらもサーモンのパイ包みを食べ、メインのチキンのコンフィも二人分たいらげ、ワインをがぶ飲みしている。とても他人事とは思えなかったが、かける言葉はない。というより、かけるべきではないのだ。あくまでも感情を抑え、黒子に徹するのが仕事なのだ。

片付けを終え、挨拶をすると、彼女はテーブルの上につっぷしながら、手だけあげて、ひらひらさせていた。

大丈夫なのかな？と思いつつカンカンと足音の響く金属製の外階段を降りていると、背後から聞いたことのある音楽が流れて来た。

えーと、この曲、何だっけ？考えていると、イントロが終わり、歌が始まった。

「あ、難破船か……」思わずつぶやく。

たしか、中森明菜の歌だ。――と思ったが、歌っているのはどうやら彼女自身のようだった。

涙まじりの大絶叫の「難破船」。しかも、相当調子が外れている。

「うわあ」

思わず階段の下で立ち止まり、熱いソウルに満ちた失恋ソングに聞き惚れてしまった。

「山田、行くぞ」

仁に言われ、我に返る。

ほぼ同時に「やかましいっ」と他の部屋から怒鳴《どな》り声が聞こえてきた。

痛い。痛かった。帰りの車中、澄香も一緒に失恋したような気分だった。胸に刺さったたっくんの言葉が、じわじわと傷口を広げているのだ。

もし、自分が仁に迫ったとしたら、どうなのだろう。今夜の彼女と同じことを言われるかもしれない。

怖いな……。澄香は唇をかんだ。

すぐそこまでタイムリミットが近づいているのに、怖くて怖くて足がすくむ。

一昨日、遅い時間に店を出ると、藤村が立っていた。思わず身構える澄香に、藤村はお手あげだと言わんばかりに両手をあげた。

「そんな顔をしなさんな。通りがかっただけだ。駅まで送ろう」

歩きながら彼は言った。

「一つだけ確かめさせてくれ。君はいつまであの店で働くつもりだ？」

今日は家を出る時、手袋を忘れてしまい、指が冷たい。肩にかけるタイプのバッグではないので、澄香は片手ずつ交互にコートのポケットに入れながら、歩いていた。

「分かりません。……けど、来年の三月までには進路を決めようと思ってます」

進路って、高校生みたいだと思いながら答える。

「そう。それを聞いて安心したよ。今のままじゃ澄香さん、仁さんに便利に使われてるようにしか見えないからね」

「便利って、そんな……」

「僕には仁さんの気持ちが分かるんだ。同じ男だからね」

反論しようとした澄香の言葉を封じるように藤村は言う。

「説明しようか？　こうだ。彼は君の気持ちには決して応えられない。申し訳ないと思う気持ちはあっても、君が有能な助手なものだから、便利で手放せないんだ。分かるだろ？　損するのは君ばかりなんだよ、澄香さん。もっとも、仁さんは真面目な男のようだから、彼なりにジレンマを感じてはいるかもしれない。だが、だからといって、それを打開するつもりがあるようには思えない。どうだい、君は思えるか？」

仁には婚約者がいる。京都の老舗料亭〝こんの〟の跡取《あとと》り娘で、由利子《ゆりこ》という。本来ならば、仁は彼女と結婚し、二人でその店を継《つ》ぐはずだったのだ。

それができなかったのは三年前に仁が起こしたという車の事故のせいだ。彼女はずっと目覚めず、仁は京都を辞した。

だが、〝こんの〟の人々はそれでも仁の帰りを待っているらしい。夏には由利子の妹、葵《あおい》が仁を説得しようと「おりおり堂」を訊ねてきていた。

風のない夜だった。さえざえとした夜空に星が瞬《またた》いている。寒さが地面から這《は》い上《あ》がり、身体の芯《しん》まで凍りつくようだった。澄香はバッグを持つ手の痛いまでの冷たさに、思わず固く握りしめていた。

そっと、藤村がその手を取る。バッグごと、両手で包み込むようにして、澄香を見つめているのだ。

「彼はこうやって君を温めてあげることもできないだろう？　この先もずっとだ」

握られた手から熱が伝わってくる。

あ、この匂い……。彼から、どこかで嗅《か》いだことのある懐《なつ》かしい匂いがして、全身を優しく包み込まれているような気になる。

どくりと胸が脈打った。


人生を船にたとえるのは何故なのだろう。いつからかは覚えていないが、澄香はそのたとえを用いるようになっていた。

澄香も、いつの間にか両親の船から自分の小さな船に乗りかえ、人生の海を進んでいる。

そしていつか誰かと出会って、二人乗りの少し大きな船に乗りかえ、新たな航路に漕ぎ出すのだと思っていた。もう十年近くにわたって、友人たちが結婚するたび、数多《あまた》の船を見送って来たのだ。

けれど、順風満帆《じゅんぷうまんぱん》な航海ばかりではない。

一人乗りの船のまま、隣り合う船とどこまでも併走して走り続け決して交わることがないかもしれない。

あるいは、「難破船」を歌う彼女のように、隣の船に体当たりして沈没したり？　結婚した後だって、太津朗夫妻みたいに突然、暗礁《あんしょう》に乗り上げるかもしれないし、小山家みたいに大切な乗組員を失うこともある。

ぼんやり考えていると、携帯が鳴った。店のものだ。仁は運転中なので、澄香が取る。

「ああ、古内《ふるうち》だが」

意外な声は、いつもお世話になっている古内医院の克子《かつこ》先生だった。

公園の裏手の、同じような民家が密集して建つ一画に、その家はあった。間口が狭く、二階建ての住居だ。ピンク色の自転車や、キャラクターの絵のついたシャベルやバケツなどがごちゃごちゃと置かれ、玄関ドアの脇にはクリスマス用の電飾とサンタが飾られている。

それをすり抜けるようにして玄関を入ると、甘ったるい香水の匂いがした。婦人物のブーツがずらりと並び、その隙間に子供用の靴《くつ》が混在している。

仁は洗い物の積み上がったキッチンに目をやり、一瞬、表情を曇らせた。物の多いキッチンだ。ここもキャラクターものとショッキングピンクの食器や雑貨で埋め尽くされている。主婦の留守にキッチンに入り込むのはどう考えたってマナー違反だが、この場合は仕方ないだろう。

大河が熱を出したのだ。

二十三日の料理教室のあと、ミカの実家で急な病人が出たので、教会でくるみと大河を二、三日預かってほしいという申し出があったのだそうだ。ところが、大河が発熱した。教会ではクリスマスのミサで出入りする人も多いし、何よりシスターたちもみな忙しく、目が届かない。そこで往診に来た克子先生に、きょうだいの身柄が託されたのだという。

小山にも連絡を取ってみたのだが、彼は九州に出張中で、すぐには帰れないらしかった。

「更にだ、仁君。当医院にも人手がないんだ。父も高齢なことだし、夜とぎはさせられぬ。私もこれから出かけなきゃならんのでね」

「克子先生はどちらへ？」

時刻はもう十一時近い。仮面舞踏会《マスカレード》に赴くようないでたちの克子先生に訊ねてみると

「大人の社交場だな。大人にはどうしても行かねばならぬ場所があるのだよ、山田君」なる答えが返って来た。

大河を寝かせるのに、やはり自宅がいいだろうということで、克子先生は小山から自宅に入る許可を得ていた。

ちなみに鍵を持っていたのはくるみ嬢だ。彼女は新しいお母さんが来てもなお、以前からの通り、首から鍵をぶら下げているそうだ。

くるみ嬢に場所を訊ねながら、どうにか布団《ふとん》を敷いて大河を寝かしつけると、レディ・

ガガのようなメイクの克子先生は「じゃ、後は頼む」と立ち上がった。

出がけに仁の腕を摑《つか》み、彼女はまっ赤な口紅を塗った唇で耳打ちする。

「私が診《み》たところ、大河は以前より栄養状態がよろしくないようだな」

「どういうことですか、それ」

聞き返す仁に、克子先生は金髪ストレートのウィッグに長いつけまつげという、普段からはまったく想像もできないが、何故か非常によく似合う姿で仁を見た。

「そんなことは知らんよ。こっちが聞きたい。仁君、大河の父上と仲が良かっただろう。もうちょっとちゃんと見てやるように意見したらどうだ」

仁は答えなかった。

居間に戻ると、破れた襖《ふすま》にもたれ、くるみ嬢が膝を抱えて座り込んでいる。

「くるみちゃんももう眠いでしょ？　あとは私たちが見てるから寝ても大丈夫だよ」

そう声をかけるのだが、あいかわらずの怖い顔で、頑なに首をふる。

教会のシスターによれば、くるみ嬢はずっとこんな調子で大河の傍にいたらしい。

立派というか何というか。ある意味、父親似だと澄香は思う。

小山も責任感が強く、他人に迷惑をかけないようにと、一人で抱え込んでしまうタイプだと古内の老先生から聞いた覚えがあった。

小山もくるみ嬢も、どこか無理をしているように見えるのはなぜだろう。ミカというパートナーを見つけて、みんな幸せになれたはずなのに。

違うのだろうか？

明け方になり、「おりおり堂」へ戻っていた仁が帰って来た。道具類の手入れや翌日（もう今日だ）の用意があったのだ。

澄香は毛布をかぶったまま、さすがに眠ってしまったくるみ嬢と大河の様子を見ながら、ぼんやりしている。

「悪かったな。今日はお前、休んでくれ。俺一人で何とか……」

仁の言葉に毛布をかぶった即身仏みたいになっていた澄香は思わず毛布をはねのけた。

「えーっ、そんな。私は大丈夫ですよ」

「だけど、寝てないだろ」

「大丈夫ですよー、まだまだ一晩二晩の徹夜ぐらい」

「そうか。すまない。でも、無理はするな」

実際のところ、メイクが相当ひどいことになっているだろう。白日《はくじつ》の下《もと》でそんなひどい顔を見られるとかナイわと思うが、逃げ場はない。まあ、曲がりなりにも彼と一緒にクリスマスを迎えられただけでも良かったと思うことにした。

大河の熱は下がっていた。もぞもぞと起き出したかと思うと早速仁を見つけ、喜び一杯、跳ね回っている。

「分かった大河。分かったから、ちょっと待て」

仁は嬉しそうに坊主頭を押し戻すと、「山田頼む」と言い残し、キッチンに立った。

託された猛獣の相手をしていると、いい匂いがしてきた。甘い、優しい匂いだ。

出された皿を前に澄香は首を傾げる。

「何でしょうか、これ？」

ベトナムあたりのスイーツかと思ったが、違った。ミルクがゆというものだそうだ。スプーンですくって食べると、なるほど米を牛乳で煮たものだ。ほんのり甘く、バターの香りがふんわり拡がる。冷えて疲れた身体に、ぼうと明かりがともるようだった。くるみ嬢と大河も夢中で食べている。

「お客様、お好みでこちらもどうぞ」

珍しく冗談めかして仁が差し出したのはシナモンパウダーだった。

「あ、仁さん。すごい。大人の味になりましたよ」

「ジーンッ。大河もオトナの味」

大河の要求に「大河にはまだ早いな」と言いながら、パウダーシュガーをかけてやっている。

すると横から、うぐ、うぐっと奇妙な音が聞こえ、おかゆを喉《のど》にでも詰まらせたのか？と慌てて見ると、ミルクがゆを食べながら、くるみ嬢が肩を震わせていた。顔を赤くして、泣くまいと必死でこらえているようだ。

仁の大きな手がそっとくるみ嬢の頭にのせられる。

こらえきれなくなったのか、くるみ嬢は怪獣のような声をあげて泣き出した。

おりおり堂の店の奥にある風呂場でシャワーを借りながら、澄香は甘く優しい味を思い返していた。フィンランドではクリスマスの朝、ミルクがゆを食べる習慣があるそうだ。そして、これはくるみと大河の亡くなったお母さんのレシピでもある。

泣き止んだくるみ嬢と大河はおかわりを食べていた。

朝の光の中で、ほのぼのとした気分でおかゆを口に運んでいると、突然、がりっと何かが歯に当たる。「え？　ん？」となる澄香に、仁が笑った。

「山田が当たりか」

「え、当たり？？」

まさか吐き出すわけにもいかず噛《か》んでみると、口中にアーモンドの香りが拡がった。

ミルクがゆには一粒だけ、皮を剝《む》いたアーモンドを入れておくのだそうだ。同じ白なので、おかゆに紛れ、お皿によそう人にも所在が分からない状態になるらしい。そのアーモンドを引き当てた人は、これからの一年間、幸運が約束されるそうだ。

「いやあ、そうなんですかぁ？　参ったなあ、こりゃ何とも、えへへ」

徹夜明けの微妙なテンションで喜びながら、澄香は他人同士の集まりながらも不思議に温かい食卓を眩《まぶ》しい思いで眺めていた。


結局、くるみたちを古内医院に預けに行ったり、コンビニでメイク道具や着替えを調達したりで、その日は一日中気ぜわしく、バタバタしている内に時間が過ぎてしまった。

そして、澄香はすっかり忘れていたのだ。

仁へのプレゼントを買いに行くのを——。


いよいよ今年最後の日を迎え「おりおり堂」ではお節がすべて完成していた。

そのさなか、更に驚くべきことが起こっていた。

澄香がお使いから帰ると、店に届いた郵便物を持ったまま、仁が立ち尽くしている。

「仁さん、どうかしました？」

いつも冷静な仁には珍しいことだ。ふり返ったその顔からはなぜか血の気が失《う》せていた。

彼が差し出した紙片を受け取り、目を走らせた澄香は、自分も一気に青ざめるのを感じた。

きれいな花模様の紙片に、子供が書いたような文字が並んでいる。

【仁へ　おたん生日おめでとう　ゆり子】

ゆり子？

ゆり子って、まさか由利子？

封筒に差出人の名は書かれていないが、京都の消印になっている。

まさかそんな……。気分を落ち着けようと、震える手でお茶を淹れる。

こ、こんな時はスイーツよ。仁さんにもあげよう！　澄香は厨の棚に置いたままになっていたアドベントカレンダーに手を伸ばした。

忙しくてそれどころではなく、最後の二十三、二十四日がまだ手つかずのままだったのだ。

二十四日目の引き出しを開けて、澄香は愕然とした。

出て来たのはお菓子ではなく、まばゆい光を放つ宝石のついた指輪だったからだ。

師走、大晦日《おおみそか》。日没近く。残り数時間で、今年が終わる。

「骨董・おりおり堂」では桜子の手によって、既に正月のしつらえができている。

多くのものを積み残したまま、何かが大きく動き出す予感に、澄香は呆然としていた。

睦月《むつき》

新年祝いのお重詰め

年が改まり、元旦《がんたん》を迎える。「骨董・おりおり堂」は五日まで休業だ。店の表の格子戸には、オーナー桜子の手による賀詞《がし》付きの貼り紙がされていた。腰高のショーケースには鮮やかな松の緑、薄緑に白い縁取《ふちど》りのある笹、ちらほらと咲いた梅の枝が生けられている。松竹梅だ。風格がある中にも、どこか正月らしい華やぎを感じる。

店内に入ると、昨夜帰ったそのままで、置き場所も飾りも何も変わってはいないのに、何故か清新な印象を受けた。照明を落としているせいだろうか。窓越しに射しこむ朝の光を受けて、居並ぶ骨董たちがこざっぱりした表情を見せているのだ。

「明けましておめでとうございます」

毎日のように顔を合わせる相手に改まって挨拶をするのも何やら面《おも》はゆい気がするが、丁寧に頭を下げると、清々《すがすが》しい気持ちになった。

「おめでとうございます。今年もよろしくお願いいたしますわね、澄香さん」

そう言って柔らかく微笑《ほほえ》む桜子は、ほんのりピンクがかったグレーの小紋《こもん》に、金糸《きんし》の入った白地の帯を合わせている。

基調はグレーなのに、どこかあでやかな紅を含むこの色を桜鼠《さくらねず》と呼ぶのだと教わった。年を重ねても美しい女主人の白い肌によく映る。


奥の住居部分にも涼やかな光が満ちていた。凛《りん》と張りつめた空気だ。新しく貼り替えられた障子越しに射しこむ陽ざしが風にそよぐ木々の影を映し、ちらちらと揺れている。床《とこ》の間《ま》に掛けられた青竹の花入れには、紅白椿のつぼみと柳《やなぎ》。長く垂れた柳を途中で結び、輪が作られていた。

結び柳というのだそうだ。

「一陽来復《いちようらいふく》を示すものだとか」

澄香に襦袢《じゅばん》を着せ付けてくれながら、桜子が言った。

「一陽来復、ですか？」

「ええ、そう。冬至のことでもあるのだけど」

澄香の背中に手早く回した腰紐《こしひも》をぎゅっと締めながら桜子は語尾に力を入れる。

冬至は先月の二十二日だった。大体、毎年このあたりの日にあたる。柚子風呂に入るといいのだとか、カボチャを食べるといいとかで、実際、去年（といっても、まだ十日も経っていないが）その日にはカボチャと柚子を中心にした宴の出張に出かけた。

桜子の説明によれば、冬至は一年で最も昼間が短い日だ。太陽の力が最も弱まった日ということになる。だが、弱まりきったあとは回復に転ずる。そして昇っていくだけだ。陰がきわまり、陽がかえってくる。これを一陽来復と言うのだそうだ。

しゅっと絹が滑る音がした。肩に着物がかけられる。布そのものはさほど重いものではないが、ひんやりした絹の肌触りに身の引き締まる思いがした。

「一陽来復はね、澄香さん。冬が終わり春になること。それから、悪いことが重なっても、やがてはそれも終わり、今度は幸運へ向かうという意味でもあるんですよ」

ストーブが燃える部屋。鏡の前で着物を着せてもらいながら、澄香は桜子の言葉を聞いている。

桜子と仁と澄香。三人で近くの神社へ初詣《はつもうで》に出かけた。全国から人が押し寄せるような有名神社ではないが、それでもかなりの人出だ。参道には屋台も出ているし、昔懐かしい大道芸を見せる人もいて、賑《にぎ》わっている。

「なんか、本当に昔ながらのお正月って雰囲気ですよね」

不慣れな着物によろよろしながら、つい嬉しくなって、澄香は言った。

「そうね。この辺りもずいぶん様変わりしてしまったけれど、お正月だけはまだ昔の風情《ふぜい》を残していますわね」

毎年、桜子は仁と一緒にこの神社にお詣《まい》りするのを習慣にしているらしい。

「毎年？　あれ、仁さんは京都にいらしたんじゃ……」

仁がいた老舗料亭〝こんの〟では、年明けの営業開始が八日と、同業者の中でもかなり遅めなのだそうだ。各地から修業に来ている料理人たちは皆、正月には帰郷する習わしらしい。

ふーん。じゃあ、やっぱり仁さん、実家じゃなくて、オーナーのところに帰って来てたわけだ。

澄香はそんなことを考えている。

仁は実家の両親とあまり折り合いが良くないらしいのだ。本人から聞いたわけではないが、仁の昔を知る御菓子司《おかしつかさ》玻璃屋《はりや》の主人、松田左門《まつださもん》が前にそんなことを話していたのを聞いた。

「出張料亭・おりおり堂」も、骨董の店と合わせ、六日からの営業だ。

「仁さんはお正月どうされるんですか？」

年末、澄香は訊いてみた。仁はクワイを剝《む》きながら、「別にこれといって何も」と答える。店は休みだが、桜子に会いに来る友人知人が引きも切らず、そのための料理を作るうちに、何となく過ぎてしまうのだそうだ。

別にお正月だからといって、初詣に一緒に行きたいとか、デートに誘ってみようなどと大それたことを考えていたわけではなかったのだが（妄想としては大いに考えていたが）、仁は違う方向に解釈したようだった。

「お客といっても、プライベートだし、別に大して気も遣わないから、お前は休んでくれていいぞ。実家に帰るんだろ？」

「はあ、まあ、そのつもりにはしてますけど……。でもですね、何と言いますか、その、ウチは両親が出歩くのが好きな人たちで。家にいてもあんまりお正月らしくないんですよね」

そうなのだ。毎年、一応帰りはするのだが、華やかな雰囲気が大好きな両親は、やれ歌舞伎だ、ウィンナワルツのコンサートだと出かけてしまい、家族水入らずのしっとりしたお正月ということにはなかなかならない。もちろん、そのコンサートなどにも誘ってはくれるが、姉の布智《ふち》も澄香も年末までの仕事で疲れ切っていて、わざわざ人混みの中を出歩く気分にならないのだ。

昨年など、海外からの案件が入った布智が二日から仕事に出てしまい、澄香は二日、三日と誰もいない実家で、一人こたつで昼寝をしていた。あまりと言えば、あまりである。

考えた結果、実家には一日の午後から顔だけ出すことにした。どう考えたって、「おりおり堂」にいる方がおいしいものを食べられるし、お正月らしい気分を味わえるからだ。

そして、今、その願い通り、桜子が若い頃に着ていたという翡翠《ひすい》色に大きな薔薇《ばら》が描かれた大胆な柄の訪問着を着せてもらい、初詣に来ている。これまた桜子に貸してもらったお着物用のバッグを開けて、小銭を取りだし、いざ賽銭《さいせん》箱に投じようというところだ。

びゅっと無意識に肘《ひじ》をあげかけ、袂《たもと》の重みに気づいた澄香は慌てて手を引っこめた。

あ、あぶな……。着物だ、和服だと自らに言い聞かせ、隣の桜子を盗み見る。

さすが桜子は実に美しい仕草で、そっと袂を押さえながら、お賽銭を投げ入れている。可動域は肘から先。その分、手首のスナップをきかせねばならぬようだ。

ぎこちないロボットのような動きで、どうにかお賽銭を投じ入れ、これまた桜子の動作を真似て拝礼をする。恋愛成就、恋愛成就、恋愛成就と呪文のように呟きながら、神妙に頭を垂れる。何やらすっきりありがたい気持ちになって、ふと横を見ると、まさにその恋愛成就の対象が、まだ手を合わせているではないか。

彼は目を閉じている。その横顔を見上げ、意外に長い睫毛《まつげ》に見とれてしまう。

「あら、桜子さんじゃないの」

「まあ、偶然ですこと」

桜子のお友達マダムが現れ、おほほ、明けましておめでとうございますなどとご挨拶が始まった。そこへ、また別の知り合いが加わり、華やかなご婦人たちが笑いさざめいている。

手水舎《ちょうずや》の脇で仁とその様子を見ながら、澄香は言った。

「仁さん、何をお願いしたんですか？」

仁は答えない。澄香は、内心、頭をかいた。だよねー。普通、言わないか。

「山田は？」

思いがけず聞き返され、うっと言葉に詰まる。

「あ、いや、その……まあ、アレですよ。幸せを願う的な？　ははは」

年を越しても気の利いた受け答えができるようになどなっていない。これ以上つっこまれても困るので、澄香は話を変えた。

「そういえば、あの床の間の結び柳っていうの、私、初めて見ましたけど、素敵ですよね。お正月らしくて」

優雅なお着物を着せてもらっているのだ。発言もせめてそれに見合う優雅なものにしなければと思ったのだ。

「ああ、綰柳《わんりゅう》か」

仁の口にした言葉の意味が分からず、まぬけ面をさらしている澄香に彼が説明してくれた。

綰《わが》ねるとは、たわめて輪にすること。つまり柳を曲げて輪にするという意味で、結び柳の別名だ。千利休《せんのりきゅう》が去る友を見送る席に茶花として用いたのが最初と言われているそうである。

「ひええ、千利休ですか」

とんだ偉人の登場と仁の博識ぶりに恐れ入る澄香を見て、彼は苦笑した。

「玻璃屋のご隠居の受け売りだ」

玻璃屋のご隠居様は、茶道の教授をしている。仁はそのご隠居から、お茶事における懐石料理の作法を仕込まれたついでに、茶の湯についても一通り教えを受けているのだ。

「去る友」を一瞬、「猿友」と聞き違えたのはなかったことにして、澄香は訊いた。

「じゃあ、最初はお正月のお花じゃなかったってことですか?」

「ああ、そうだな」

加えて仁が説明してくれたところによると、元々は中国の故事によるそうだ。長安では――と仁が言い出すのを聞いて、澄香はおののきつつ、心地よい彼の声に耳を傾ける。

「別れ際に双方が持つ柳を結び、輪にする」

「え?」思わず仁の顔を見上げてしまった。

「道中、無事に過ごして、必ず帰るようにと……」

つぶやきながら彼は、境内から見えるぽっかり切り取られたような四角い空を見上げている。青く澄んだ元日の空だ。

何故か胸がざわつく。

晴れ晴れとした景色の中で、彼は何を見ているのだろうと澄香は思った。


金の蒔絵《まきえ》細工の美しいお重が座敷机に並べられている。「おりおり堂」では毎年、元日の昼、内輪だけのお祝いをするそうだ。お客を迎えるのは二日からにして、今日は桜子と仁が水入らずの時間を過ごす。そこにどうして自分などが参加を許されるのかと思ったのだが、厚かましくも桜子の誘いに乗ってしまった。

「あの、本当にいいんでしょうか。お二人の邪魔になりませんか？」

初詣から戻り、再度問う澄香に、桜子は大げさに困った顔をして見せた。

「いやだわ澄香さん。わたくしたち、二人では寂しいのよ。澄香さんさえよろしければ、是非一緒に召し上がっていただきたいの」

「いやあ、そうですかぁ、じゃあ」となって、更には慣れぬ和服なので動きにくく「いいのよ、今日はあなた、お客様よ。座ってらっしゃいな」と勧められるままに座っている。

大人のいい女への道のりははるか遠い。

「それでは改めて、明けましておめでとうございます」

桜子の言葉に、「おめでとうございます」と慌てて頭を下げる。

「澄香さん。あなたが来て下さって、昨年はとても楽しい年になりました。どうぞ本年もよろしくお願いいたしますわね」

もったいないお言葉だ。あまりにももったいなさすぎて、澄香は胸が一杯になり「いいえ、そんな」としか答えられなかった。

「こちらこそ、よろしくお願いします」

そう言いながら、自分の言葉がちくりと胸に刺さるのを感じる。本当に、今年も自分はここに居られるのだろうかと思ったのだ。

年末、藤村に詰め寄られ、澄香は三月までに進路を決めると答えた。そして、それはかなりの確率で、ここを去ることを意味する。

「さあ、お屠蘇《とそ》をいただきましょうよ」桜子の明るい声に我に返る。

今だけは考えるのをやめようと思った。

お屠蘇は年若い順にいただくものだそうだ。

当然、自分からだと思ったのだが、ここで驚愕の事実が判明した。仁の方が若かったのだ。

「えええー」

クリスマスが誕生日の彼は、そこでようやく澄香と同じ年になるらしい。

澄香の誕生日は二月だ。つまり、干支《えと》は同じだが、学年で言うと、澄香の方が一つ上なのだ。

「いやあ、参ったなあ。仁さん、大人っぽいってか、落ち着いてるから」

澄香の言葉に仁は噴き出した。

「三十過ぎて大人っぽいと言われても困るが」

そうでした、と首をすくめつつ、お屠蘇を味わう。

各自の前に置かれた黒塗りのお盆には豪華なお造りの皿、それと競い合うように美しい小鉢が幾種類か並べられている。中には洒落た洋風の酒肴《しゅこう》が入っているのだ。

紅白の水引が結ばれた箸袋には、桜子の文字で上部に「寿」、下部に「澄香」と墨書きされていた。各自の名前が書かれてあるのだ。

はあ、なんてすばらしいのかしらと澄香は思った。昔、まだ祖父母が元気だった頃には、こんな風なお正月を過ごした記憶もあるが、何分にも実家は全員がドライというか、合理的な性格だ。新年の用意なんてもう面倒臭いしナシでいいじゃんという空気が支配的で、年を重ねるごとに簡素化されている。

「そうねえ。昔は三が日に開いているお店なんて一軒もなかったものだけど、今では二日になればデパートも開いているんですってね」

桜子がうなずく。

それどころか、コンビニや大型スーパーともなれば、年中無休なのだ。よほど心がけていなければ、お正月らしさを感じることも難しくなっているのだろう。

「さあ、いただきましょうか」

伊勢海老《いせえび》は、つい先ほどまで生きていたものだ。気の毒ながら仁の手によって捌《さば》かれ、美しいお造りへと姿を変えていた。ぷりぷりとした身は透明で、箸で持つと、見た目より重く、ずしりと来る。色合いも美しく、少しオレンジがかった朱色を帯びているように見える。宝物のようなお刺身に濃い醤油《しょうゆ》をつけて、いただく。むっちりした歯ごたえは、ちょっと硬いとも思える程だが、嚙みしめると、ねっとりした食感に変わる。うま味もさることながら、甘みが強い。

平たい朱塗りの杯に盛られているのは花びらのように見事な細工が施されたヒラメのお造りと、昆布締めにした鯛《たい》だ。鯛の昆布締めの作り方は、仁によれば至極簡単、鯛のさくを昆布で挟んで一晩置いておくだけだ。

実はこの仕込みの様子を昨日、澄香も見ていたのだが、立派な鯛のさくを惜しげもなく昆布に挟む潔さに、うーん、ちょっともったいないかもなどと思ってしまった。しかしこの鯛が、見ただけでもはっきり分かる変化を起こしている。鯛の身からは水分が抜け、ずいぶん小さくなった印象だ。色合いも、昨日見た桃色がかった白から、琥珀《こはく》に近いものへと変わっていた。午後の光を受けて、きらきらと輝いている。

昆布の方は鯛から出た水分を含み、糸を引いていた。かなり粘りの強い糸で、仁が昆布を剝がすとみちみちと音がするほどだった。これがみなうま味なのだ。

お節は三段のお重に、色とりどりの料理が詰められ、宝石箱のようだ。

一の重には、数の子、たたきごぼう、田作り、黒豆。これが祝い肴《ざかな》の基本だそうだ。しわ一つなく炊きあがった黒豆は黒檀《こくたん》のようだ。醬油と水飴《みずあめ》で照りの出た田作《たづく》りにはアーモンドを砕いたもの、たたきごぼうにはすりごまが絡めてある。

年末の数日間、おりおり堂の厨にはずっと黒豆を煮る甘く香ばしい匂いが漂い続けていた。

黒豆を箸でつまんでじっと見ると、水に戻す前の状態が嘘《うそ》のように、ぷっくりと蜜《みつ》を含み、濡れている。黒と一口に言っても、よく見れば濃淡に差があり、高級であるほど深いものになると聞いたことがあるが、まさしく漆黒。最上の黒だった。磨き上げられた鏡のような表面に自分の顔が映っている。噛むと、香ばしい豆の香りにかすかに醬油を含んだ複雑な甘みが拡がった。

二の重は、海老やいくらの赤、錦卵《にしきたまご》、伊達《だて》巻き、栗きんとん、紅白なますを入れた柚子釜の黄。さらには、芥子《けし》の実をまぶした鶏挽肉の松風焼き、香ばしく焼き上げた鰻《うなぎ》でごぼうを巻いた八幡巻き、身欠きにしんの昆布巻きなど、色合いは地味だが味わい深い料理の数々。

三の重は、紅白の梅をかたどった金時《きんとき》にんじんと山芋、松かさくわい、松の形に切ったれんこん、椎茸《しいたけ》、ごぼう、たけのこ、鶏肉のお煮染《にし》めだ。

どの重にも、裏白《うらじろ》、譲《ゆず》り葉《は》、南天とそれぞれいわれのあるかいしきが使われ、清々しくも美しい彩りとなっている。

正直なところ、澄香はこれまで、いわゆる定番のお節をあまりおいしいと思ったことがなかった。実家ではもう何年も前からお節料理はデパートで買って来ており、しかも総じて家族には不評で、年ごとに小さくなっていた。さらにここ数年は洋風お節とか中華お節とか、珍しいものを求めるようになり、本来のお節料理とはずいぶんかけ離れてしまっているのだ。

だが、こうやって丁寧に料理されたお節をいただくと、しみじみとおいしかった。今、食べているお節は仁が作ったもの、桜子が作ったものが混在しているが、どちらも遜色《そんしょく》がない。どれをとっても豊かな味わいに満ちていた。

お正月用の極上吟醸酒《ぎんじょうしゅ》をいただきながら感激していると、仁が大ぶりの蓋《ふた》付き椀を運んで来た。かぶら蒸しだ。蓋を開けると、いい匂いの湯気が顔にあたる。

桜子と仁は毎年、元日の朝にはお雑煮《ぞうに》を、午後にお節とこのかぶら蒸しを食べるそうだ。

「もう何十年にもなるのかしら。仁さんのおじいさんが生きてらした時からの習慣だから」

うつわの蓋に手をかけながら、桜子はそう言って懐かしそうな顔をした。

つまり、この料理に関しては、桜子のレシピで仁が作っているということだろうか？

訊ねると、桜子はうなずき、うふふと笑った。

「仁さんはプロですものね。少し申し訳ない気もするのだけど、毎年わたくしのレシピで作って下さるの」

「これが一番おいしいからですよ」

ぶっきらぼうな仁の言葉に、桜子が「まっ、嬉しいこと」と、羞《は》じらうような、困ったような何とも形容しがたい魅力的な表情を浮かべた。

味わい深い。実に味わい深いやりとりだなと澄香は思う。

たとえて言うなら、「おりおり堂」の常連、ドラァグクイーンのアミーガが漬けた白菜漬けのようだ。ぽりぽりと、その白菜を食べながら一人うなずく。白いご飯やお茶漬けにも合いそうだが、これがお酒、しかもぬるめの燗《かん》にぴったりなのだ。

毎年、大晦日になると、アミーガが自慢の白菜漬けを「おりおり堂」へ届けてくれるそうだ。彼（彼女？）は冬場になると、高級デザイナーズマンションの広いベランダに漬け物樽を並べ、山のような白菜を漬けるのである。ぬかの発酵による乳酸菌のわずかな酸味、淡泊ながらも嚙みしめると奥深い白菜の風味に、薄すぎず辛すぎず絶妙の塩加減、ぴりりときいた鷹《たか》の爪《つめ》。しゃきしゃきとした軸の部分の歯触りと、しんなりした葉の部分の対比。

まるで桜子のようだ。ほろ酔い加減の頭で、そんなことを考えながら、かぶら蒸しをいただく。

すりおろした聖護院《しょうごいん》かぶを泡立《あわだ》てた卵白と合わせ、蒸し上げたものだ。出汁や醬油などで味をつけた銀餡《ぎんあん》をかけて、わさびをのせてある。木製の匙《さじ》を入れると、真っ白い雪玉のようなかぶらがほろりと崩れた。口に運ぶと、とろりとした餡、かぶの滋味《じみ》、更には中に隠れていた穴子《あなご》に海老、ギンナン、きくらげの味が拡がる。たちまち身体があたたまり、汗ばむようだ。

はあ、いいお正月だわあ。と自分はほとんど何もせぬまま、たらふく飲み食いしつつ澄香は感激していた。

あっちの不安も、こっちの問題も、今だけはすべて忘れ、新年をことほぐ元日の午後である。

仁が言っていた通り、「おりおり堂」では二日から、引きも切らず来客がある。

澄香は二日の朝、実家から直接店に出た。

昨日は桜子に勧められ、着物姿のままで実家に帰り、家族を大いにびっくりさせたのだ。

実はこのお着物、桜子からいただいてしまった。小物も含め、一式全部である。

「澄香さんさえおいやでなければ、是非もらっていただきたいの」

桜子に言われ、澄香は仰天《ぎょうてん》した。

「ええーっ、そんな。いけません。ダメですよ、オーナー。こんな高価なお着物を」

慌てる澄香に桜子は、いたずらっぽい表情になって言う。

「だって、澄香さん。わたくし、さすがにこの柄《がら》行きはもう着られませんもの。しまったままでは、もったいないでしょう」

「でも、私なんかに、そんな……。お孫さんにあげたりなさらないんですか？」

「あら。だって、わたくしの孫と呼べるのは二人とも男の子ですもの……。ねえ、あなたたち着ないわよね？」

「着ませんね」

桜子に問われ、まじめくさった顔で仁が答える。

押し問答をした結果、桜子が「とにかく、この訪問着が似合う方を見つけたのですもの、逃がしませんわよ」と冗談なのか本気なのか、強い口調で言うもので、押し切られてしまった。

そして二日。現在、また別の着物を着せてもらっているところだ。今度は薄い露草《つゆくさ》色に紅白の椿が飛んだ、おしゃれ小紋だ。少し着物に慣れてはきたものの、このままでは縛られたロボット同然まったく動けないので、たすきをかけてもらい、前掛けをする。ぎこちなさは残るものの、どうにか身動きができるようになって、お客様にお茶やお酒や料理を運んでいる。

お正月は営業ではないのでお客のつもりでいていいと言われたものの、実はバイト代が出ているのだ。さすがにじっとはしていられなかった。

午後、お昼に合わせて揃《そろ》って見えた古内医院の老先生に克子先生と、お節や仁の作る酒肴で乾杯し、さらには寒ブリのしゃぶしゃぶをいただいた。

先生たちが帰るのとほとんど入れ替わるようなタイミングで、がらがらと格子戸が開いた。一瞬、忘れ物を取りに戻ってこられたかと思ったが、音が違う。

よく耳を澄ましていると、格子戸を開ける音で、誰が来店したか分かることがあるのだ。威勢の良い性格そのままにタンッと小気味よく開ける左門や、いつも、もったり戸を開けるカフェの常連客、格子戸を少し開けてから、一呼吸置いて顔を覗《のぞ》かせる骨董のお客様などなどだ。

乱暴というには若干の屈託《くったく》を感じる。ちょっと珍しい開け方だ。

「ごめんください」

えーと、誰だっけ？　覚えてはいるけど、思い出すのを記憶が拒否するこの感じ。

はーい、ただいまと返事をしながら店先に出た澄香は思わず絶句した。

そこだけ光り輝いて見えたからだ。

「あ、葵《あおい》さん……」

「はぁら。山田のお姉さん、まだここにいやはったんどすか。とっくの昔に自分の無能さに嫌気がさしてやめはったんやろと思ぅてましたわ」

すばらしい嫌みを、わざとらしい京都弁に乗せて、挨拶代わりにすらすらと繰り出す。

今野《こんの》葵。仁が十年間修業していた京都の名店、料亭〝こんの〟の娘だ。

「まあまあ、葵さん。遠いところをよくいらして下さったこと」

澄香の後ろから顔を出す桜子に、葵はにっこり笑い、優雅にお辞儀をした。

「桜子お母さん。あけましておめでとうございます。今年もよろしゅうお頼み申します」

「まあ、こちらこそ。よろしくお願いしますわね。葵さん、お着物で来られたの？　京都から？　大変でしたでしょう」

葵は首を振った。

「いいえ全然。慣れてますもの。今日はまた山田のお姉さんも、ええお着物どすなあ」

そう言って、澄香の頭からつま先まで、つうっと視線を走らせる。

「は……。いえ、これはオーナーにお借りしたもので」

「ああ、そうどすやろな。ちょっと見ただけでも着物を着慣れてはらへんのがよう分かります。着こなしてはると言うよりは、ええお着物に身体を乗っ取られてるような具合どすな。何やゾンビみたいや」

何故、見破られた。

引きつりつつも、おほほとうなずく。

「葵さんはまた、立派なお振り袖ですね」

別にお世辞を言うつもりはないのだが、葵の着ている振り袖は実際、素人目《しろうとめ》にも大変なものだった。澄香も成人式の時に作ってもらった振り袖を持っている。もちろん、それなりの値段はしたものだが、誂《あつら》えた店の最奥《さいおう》、一段上に飾ってあった振り袖の「別格感」は忘れられなかった。店にいる間、澄香はあまりそちらを見ないようにしていた。正視するのさえ畏《おそ》れ多い気がしたのだ。ところが、どういうわけか、つい引き寄せられるように目が向いてしまう。その高価な着物には、そこに存在するだけで人目を惹《ひ》き付《つ》けずにはおかない華《はな》があったのだ。

今、葵が着ているのは多分、その「別格」レベルの振り袖だろうと思われた。白地に豪華な花と御所車の古典柄。おそらく布地も染めも帯も小物も何もかもが最高級のものだろう。澄香ごときに詳しいことが分かろうはずもなかったが、全体として、とてつもなく豪《ごう》奢《しゃ》なオーラが漂っている。

「そらま、振り袖は未婚女性の第一礼装ですさかい」

葵がツンとした顔でうなずく。

「まぁ、そない言うたかて、三十過ぎてしもてはなかなか着にくいどすわな。あら、えらいこっちゃわあ。そないな場合の礼装はどないしますんやろなぁ、山田のお姉さん」

そう言って、くすくす笑うのだ。

えぇぇ……。ま、負けてはいけないわ澄香。こんな小娘の嫌みに負けてどうする、と思ったが、正直なところ澄香の心は葵を見た瞬間から波立っている。本当は分かっているのだ。問題は彼女の嫌みなどではない。

何故、彼女がこのタイミングで現れたのか、だ。

八月に突然現れた葵はたしかに、「必ず戻って来る」と言い残して帰って行った。だからといって、わざわざお年賀のためだけに彼女が京都から来るとは思えない。

自分の動揺に気付き、澄香はごくりと唾《つば》を飲んだ。あえて考えないようにしていたが、澄香は大晦日に届いた郵便のことがずっと引っかかっていた。クリスマスが誕生日でもある仁のもとへ届いたバースデーカードだ。子供のような、もしくは左手で書いたような細く震えるつたない文字で、「仁へ　おたん生日おめでとう　ゆり子」と書かれていた。

そのカードについて、仁は何も言わなかった。無言のまま封筒に戻し、厨の引き出しに放り込むと、何もなかったかのようにお節の仕上げを再開したのだ。

「誰かのいたずらですよ」とか「これまでに訪ねたお宅の飼い犬のゆり子ちゃんからじゃないですか?」などと、澄香はいくつも言葉を用意しながら、どれも口にすることができなかった。


厨にお出汁のいい匂いが漂っている。大鍋でぐつぐつ煮えているのはおでんだ。「おりおり堂」では毎年、お節に飽きてきたあたりで、おでんを炊くのだそうだ。桜子を訪ねて来るお客の方も心得たもので、このおでんを目当てに、あえて三日や四日を狙って来る人もいるらしい。

だから昨夜、仁は夜中までかかって作って、行ってしまった。

湯気で視界が曇る。鍋を覗き込みながら、澄香は自分が泣いていることに気付いて、あわてて涙を拭《ぬぐ》った。

よく味のしみた大根に厚揚げ、卵にちくわ。

分厚い皿に盛り、仁に教わった通り、溶いた辛子《からし》をちょっと置く。

「左門さん、どうぞ」

明るい声を作って、器を置くと、左門が「おっ。これだよ、これこれ」と嬉しそうな声をあげた。「こいつを食わなきゃ一年が始まらねえってな」

ははと豪快に笑う彼の声が、正月三日のがらんとしたカフェにうつろに響き、かえって胸を締め付けられるような気分になった。

「さあさ、澄香さんも熱いうちにいただきましょうよ」

桜子に促《うなが》され、大根に箸をつける。ほろりと割れて、中からじゅわりとおつゆがしみ出す。口に運ぶと、少しほろ苦く、それでいて甘みのある大根の味と薄味のおつゆが拡がった。

あつっと笑いながら、胸に落ちていく熱に刺激されて、涙が溢れそうになり、澄香は慌てて「辛子がからくて」と言い訳をした。

「そうか。仁の字ぁ、京都に行ってやがんのか」

箸でつまんだ三角のこんにゃくに向かって話しかけるように左門がつぶやく。

新春の和菓子を持ってやって来た左門は、仁の京都行きを知ると一瞬、顔色を変えた。

「あのお嬢さんが目ェ、覚ましたってのか」

頷《うなず》く澄香に、左門は呆然と椅子に腰かけながら「何てェこった」と言ったのだ。

何てこった。本当に、何てこった。桜子も左門も口には出さないが、心配そうな顔で澄香を見ている。笑っていようと思うのだが、おそらく奇妙な顔になっている。

澄香はうまく笑えずにいた。

昨日、御所車の振り袖を着た葵は仁を前に言った。「さあ、仁お兄ちゃん、京都へ帰ろう」と。

仁は返事をしなかった。それでいて彼は落ち着きはらっている。まるでこうなることが分かっていたかのようだ。着物の絵柄のせいだろうか。何だか葵は、かぐや姫を迎えに来た月からの使者のように思える——。

葵が仁を連れ去る？　由利子のもとへ？

もう一つ、気になっていることがあった。仁を前にした葵が、とても大人っぽく見えるのだ。夏に会った時に比べて、髪が伸びたせいだろうか。それとも、美しい和服姿のせいか。葵はまるで何かの覚悟を決めたように、まっすぐ仁を見、すっと手を伸ばした。

「さあ、今すぐ行こう？　お姉ちゃん、ずっと待ってるから」

静かな声で仁は「分かりました、葵さん」と言った。「でも、今日は無理です。やらなきゃならないことがある。明日まで待って下さい。必ず行きますから」

「分かったわ、お兄ちゃん。ほな待ちます。明日、いっしょに京都に帰ろうね」

「仁さん、あの……」

桜子が帰った後で、おでんの鍋の様子を見ながら厨の掃除をしている仁に、思い切って澄香は声をかけた。仁は厨をぴかぴかに磨き上げている。

まるで、二度と戻ってこないかのようだ。そう考えると、ずきりと胸が痛む。

仁は手を止め、こちらを見た。それが一瞬、とても怖い顔に見えて、澄香はたじろぐ。

そうだ。出会った最初の頃、彼はこんな風に厳しくて、ずいぶんと距離を感じたものだと思い出す。

「何だ？」

冷たく突き放すような物言いでありながら、仁は少しも急ぐ様子はなく、じっと澄香を見ている。

言葉が出てこなかった。喉《のど》の辺りに何かが詰まっているようだ。何か喋ると思いが溢れて、泣き出してしまいそうな気がする。

「あの……。私、お誕生日の時に渡せなくて、何かお年玉みたいで変なんですけど、これ」

ようやく言えたのはそれだけだった。おずおずと、リボンをかけた小さな箱を差し出す。

仁は何かに押されるように箱を受け取り、目線を落とした。

「あ、ボールペンです。良かったら使って下さい。じゃ、私、帰りますね。明日、気をつけて」

もうこれ以上、この場所に留まることはできそうになかった。これ以上ここにいると、きっと言うべきではない言葉を口にしてしまう。

行かないでとか。待ってるとか——。

そんなことを言ってみたところで、仁を困らせるだけ。自分が惨《みじ》めになるだけだ。

コートとバッグを抱え、一刻も早くこの場を後にしようと急ぐ澄香の背後で、仁が言った。

「山田」

「はい」いつも通り、反射的に返事をして振り返る。彼は箱を手にしたまま澄香を見ていた。

「ありがとう」

「あ……いえ。そんな大したものじゃないんで」

そのまなざしが物問いたげで、目を合わせていられない。

澄香はあははと笑い「じゃ、お先に失礼します」と踵《きびす》を返した。

「待ってくれ」強い力で手首を摑まれ、つんのめりそうになる。

驚いて彼を見上げる。呼び止めておきながら、仁は何も語り出そうとしなかった。ただ、見つめるだけなのだ。何か言いたげなのに、何も言わない。

ふと、彼の瞳に影がよぎる。

ようやく彼は澄香の手を離し、つぶやいた。

「気をつけて帰れ」

その夜、澄香は夢を見た。

新年一月の二日から三日にかけて見る夢を初夢とするのなら、これが初夢。一年に一度しかチャンスのないこの日の夢は、富士でも鷹でもなすびでもなかった。

内容はこうだ。

「おりおり堂」をクビになった澄香は街角でマッチを売っていた。

だが、今時マッチを買ってくれる人などいるはずもない。家に帰ろうにも、何故か小山の妻、ミカの顔をしたいじわるな継母《ままはは》から全部売れるまで帰って来るなと申し渡されている。

今夜寝る場所も、食べるものもなく、薄着に裸足《はだし》というホームレス仕様のゾンビは今にも凍えそうだった。とっぷりと日は暮れ、おまけに雪まで降って来た。しかも粉雪などではない。八甲田山《はっこうださん》レベルの吹雪《ふぶき》だ。

「ふふふ。もういいや。どうせ売れないマッチだもの」

そうつぶやいて、ビルの隙間にしゃがみこみ、凍える指で売り物のマッチに火をつける。

闇の中に浮かんだのは、薄味ほかほかのおでんだった。ほっくり煮上がったじゃがいも。ぷりぷりの素肌のような卵。中からじゅわっとおつゆが溢れるがんもどき。

辛子をつけて、ふわぁ、あちあちと食べかけたところでマッチの火が尽きた。

「あぁ……せめて、せめて一口」

暗闇の中に取り残されると、余計に寒さと空腹が身にしみる。

「あのおでんを作ったのは誰だったかしら……。とても、素敵な人だったような気がするわ」

そうだった。こんな境遇に身を落とす前には、澄香はいつもおいしいものを食べていたのだ。

そして、いつも傍らにいたのは愛《いと》しいあの人……。でも、もう顔も忘れてしまった。

澄香はもう一本、マッチをすった。

「死ぬ前にもう一度、愛しいあの人のお姿を見てみたい」

浮かびあがった景色はお屋敷の中だった。金銀財宝、珊瑚《さんご》に骨董。贅《ぜい》を尽くした山海《さんかい》の珍味に鯛やヒラメの舞い踊り。竜宮城《りゅうぐうじょう》かと思ったが、どうやら料亭の内部のようだ。高級料亭に足を踏み入れたことがないので、イメージとして竜宮城が出て来たものと思われる。

「あれこそ別格中の別格、値段のつけようもないお着物にございますぞ」と、メイド姿のお猿の侍女に耳打ちされて見てみると、豪華な婚礼衣装をまとった美女がいる。

その隣にいるのは、仁だった。

ああ、あの人こそ、私の愛しいお方！　澄香はそう思ったが、声が出なかった。そうだった。半身鯉《こい》のぼりのゾンビだった私は人間の足を手に入れるのと引き替えに、声を売ったのだった。ああ、その名を呼びたい。でもできない。

今、新郎新婦はまさしく婚姻届に署名をしようとしているところだった。

そこで新婦が声をあげる。

「いやぁ、旦那《だんな》様。何どすか、そのみすぼらしいボールペンは」

女の顔が見えた。あ、この人が由利子なんだと澄香は思う。

もっとも澄香は由利子の顔を知らないので、葵の顔をしている。だが由利子なのである。

「ああ、これか。これは前に東京で雇っていた虫除けの下働き女にもらった」

そう言う彼の手には見覚えのあるボールペンが握られている。

「あきまへんえ。旦那様は今日から由緒ある〝こんの〟の主人どす。そないにしょうもないモンで書きはったら、この婚礼も何や安っぽうなってしまいますやろ？　人間には立場にふさわしい持ち物いうのがおますんや。これ、たれぞ、筆を持て」

由利子が手を叩くと、お猿の侍女が恭《うやうや》しく筆と硯《すずり》を捧げ持って出て来た。

「さあ、これどす。これこそウチが旦那様のために丹精込めて編み上げた柳の筆どす」

美しい指で仁がその筆を取る。奇妙な形の筆だった。柄の部分が柳でできているのだ。長いままの柳を何本も束ね、くるりと結んである。その先はどこまでも長く、畳の上に垂れていた。

よく見ると、その終点を由利子が握っている。

「旦那様、あなたが東京へ行ってはる間にもウチはずっと信じて待ってましたんやえ。結び柳の輪っかみたいに、必ずウチのもとへ帰ってきやはると、信じてましたんや」

ああああ、ダメええ。そこに名前を書いちゃダメええええ。叫ぼうとするが声が出ない。

気が付くと澄香は岸壁に立っていた。新郎新婦を乗せた船を送るため、「蛍《ほたる》の光」が流れている。しかも、演奏しているのはお猿のバンブー楽団で、ぼわんぶわんと妙に歪んだ音階の「蛍の光」だ。おまけに背後は港の酒場で、ワルの猿友たちがボルサリーノを小粋《こいき》にかぶり、キッキキッと喜びながら、澄香のあげたボールペンを矢の代わりにしてダーツに興じているのだ。

今、まさに船が港を離れていく。

「ぐっ、ぐわぁああ」

苦悶《くもん》の叫びで目覚めた。澄香は飛び起き、辺りを見まわす。

新年も旧年も、一向に代《か》わり映《ば》えのしない自分の部屋だった。

「ああ、夢か……。良かった」

あんな荒唐無稽《こうとうむけい》な内容で夢以外の何があるものかと思いつつも、絶望感にうちひしがれる。

そうだよな、とベッドの上に座り込んだまま考える。

仁が味覚に障害を負ったのは、由利子に対する自責の念からだ。その事故の際に負った手のひらの傷のため、指も前のようには動かせないと仁は言っていた。

とはいえ、元が天才と言われた料理人だ。その程度では彼の実力は揺らがないはずだ。それは出張料亭を頼んで下さる多くのお客様たちの評価が物語っている。

そして今、由利子が目を覚ました。

単純に考えれば、もう仁が責任を感じる必要はないということだ。

それだけではない。ずっと傍で見て来た澄香は気付いていた。

仁の味覚障害は少しずつ回復している。澄香に味見をさせる際の味つけが、徐々に精度を増してきているのだ。

ならば、もう彼が〝こんの〟の板場《いたば》に戻るのに障害はないも同然。澄香が傍にいる必要もない。更に、葵によれば、現在の主人である葵や由利子の父も、事故当時の怒りはおさまり、本心では仁が戻るのを待っているのだという。誰もが仁の復帰を望んでいると、葵は言っていた。多分その通りなのだろう。

「じゃあ、答えは決まってるじゃん」

ははっ、ははは……。まるで蚕棚《かいこだな》のような一人暮らし用の部屋の中、ベッドの上で膝を抱えて、澄香はつぶやく。

仁は〝こんの〟に戻るべき人なのだ。美しい華のような由利子と二人で、その店をもり立てていくべきなのだ。

「ここはひとつ盛大に……」

喜んで見送ってあげなきゃ、と思ったが、どうっと溢れてきた涙で言葉が続かなかった。元々、独り言なので、どっちだって同じことではあったのだが。

気持ちが沈みこむ間にも、つい色んなことを考えてしまう。

今日はやはり出勤しないとオーナーが心配するよな。いや、大人の女の矜持《きょうじ》として、この程度でへこたれたとは思われたくないし。

へへん。そこまでショックを受けちゃいないわよーなどと思いつつ、実際のところ、腹筋を失ったかのように身体に力が入らず、くらげのようだ。

だが、世の中が半径数メートルで完結していた少女の頃とは違い、どんなに落ち込んでも現実が迫って来るのが大人というものだ。正月三が日は掃除機をかけていいのだったかとか、洗濯機を回すのはアリかなどと、頭のどこかで家事の段取りを考えてもいる。何しろ年末が忙しかったので、自宅の大掃除ができなかったのだ。泣いていようが、ふて寝をしようがホコリは着実に降り積もる。

まあ、でも、そのままでいいか……。今日ぐらい。澄香はそう思い直した。どうせ最低限のものしかない狭いワンルームだ。

ここは人生の一時期、仮に暮らす部屋。出番を待つ楽屋だと思っていた。

しかし、やはり、自分には出番は巡《めぐ》ってこないようだ。

澄香はもぞもぞと布団の中にもぐりこみ、しきりに寝返りを打っている。このまま、狭いこの部屋で朽《く》ち果《は》てるか、あるいは自分が主役になれる別のステージを探すか。

「だけど……。だけど、私、やっぱり仁さん、好きだ。好きなんだよー」

イケメンだからではない。

いや、最初はそうだった。あまたいる彼狙いの女たち同様、まず外見に惹かれたことは否定しない。

だが、長い時間、一緒に過ごして見えて来たのは、彼の本質だ。ぶっきらぼうだし、無愛想だし、決してそうは見えないのだが、本当はとても優しいところ。それから、芯の通ったまっすぐなところとか。男気溢れる性格とか。

「何もかもが大好きだあっ」

もし人生を共に歩いて行けるのなら、自分はどんなことがあっても、彼を裏切らないだろう。

澄香はふと、「病める時も健やかなる時も……」で始まる例の言葉を思い出していた。

友人たちの結婚式で何度も聞いたアレだ。最初の数回こそ感動したものの、昨今はアルバイトの外国人神父を置いた作り物のチャペルで聞くことも多く、正直なところ、「あーそうですか」などと白《しら》けて受け流していた感がある。だが、富める時も貧しき時も、これを愛し、これを敬い、これを助け……。

ああ、いい言葉。そうしたい。是非そうしたい。全身全霊そうしたいよ。

「仁さあああん」

近所迷惑になるので布団をかぶって絶叫する。

恋愛偏差値の低いゾンビ女は、恋愛も下手だが、それが故に失恋の仕方も下手なのだ。どうすればうまく失恋できるのか。澄香には分からなかった。


仁のいない店の中、桜子と二人でコーヒー豆を焙煎した。機械式の焙煎器もあるのだが、桜子も仁も直火《じかび》に手網をかざして焙煎する方を好む。この作業はカウンターでもできるのだが、はじけた豆の薄皮が周囲を汚してしまうので、厨でおこなうことが多かった。

焙煎を始めると、そこら中がいい香りに包まれ、店の外にまで漂い出す。香ばしい匂いに誘われて、ふらふらと店を訪れる人もいるほどだ。

カフェが併設されているとはいえ、本来ここは骨董屋だ。まして、コーヒーが主力メニューというわけでもない。毎朝、玻璃屋から届けられる和菓子をセットメニューにして出すので、抹茶《まっちゃ》や煎茶《せんちゃ》、ほうじ茶などを選ぶ人の方が多いのだ。

それでも、このこだわりぶりだ。

「オーナーはコーヒーがお好きなんですね」

前に一度、訊いてみたことがある。

その時、桜子はコーヒーに湯を注ぎながら、くるんと目を上げ、こちらを見た。

「そうねえ。いえ、そうでもないかしら。どなたかのように一日にコーヒーを十杯も飲むなんてことはとうていできませんもの」うふふと笑って言う。

コーヒー中毒と呼ぶべき人は、古内医院の克子先生だ。

彼女は長年の課題であった禁煙に成功したものの、その代わり前にも増してコーヒーを飲むようになったそうだ。

店の前で自転車の止まる音がしたかと思ったら、往診途中の克子先生が「コーヒー。コーヒー。うまいコーヒーを飲ませて下さらんか」と白衣のままで駆け込んで来たこともある。

昔ながらの純喫茶や、コーヒー専門店など何軒もの〝行きつけ〟を持つ克子先生いわく、「ここのコーヒーは下手な喫茶店よりうまい」そうだ。

本業でないがゆえに、利益などまったく度外視しているのだから当然といえば当然かもしれなかった。焙煎なども少人数向けだから手網でできるものの、かかりきりになる時間を考えればまったく効率的とはいえない。

「でも、この香りは何物にも代えがたいわ」

仁が焙煎していた時だったか。桜子は目を細めてそう言った。

「コーヒーを丁寧に淹れて、ゆっくりいただきますでしょう？　そこにはね、澄香さん。お茶などとはまた少し違った、豊かな時間が流れるような気がするの」

澄香はこれまでコーヒーといえば、インスタントかせいぜいコンビニ、フンパツしてスタバだったわけだが、こんな素敵な言葉を聞いては、宗旨《しゅうし》替《が》えせずにはいられなかった。

もっとも、あの狭い自宅マンションで豆の焙煎などできるはずもなく、粉を買って来て、ポットで沸かした湯を使い紙製のフィルターでドリップするだけだ。それでも香りの立ち方がまるで違う。ちょっとだけ豊かな気分になれるのだ。更にいえば、無難に仕上がる機械式とは違い、手網の焙煎にはその人その人の癖《くせ》や好みが現れる。

このあたり、実は少し意外だった。

男っぽい深煎《ふかい》りを好むのが桜子。仁は割とあっさりした仕上がりにすることが多いのだ。澄香自身はまだ好みがどうのという段階ではなく、ムラができないようにするだけで精一杯だ。

「澄香さん。もし、仁さんがこのまま京都へ行ってしまったら、あなた、どうなさるの？」

焙煎した豆のいい香りがまだ立ちこめている中、桜子が問う。

「それは……」

いつか、この店を辞めるときが来るだろうと覚悟はしていた。だが、まさか彼が京都へ行ってしまうとは考えていなかった。それも、こんな急に。

澄香はよもや由利子の意識が戻るとは思ってもおらず、それどころか遠くない将来、彼女は亡くなってしまうのではないかとさえ思っていたのだ。いや、願っていたというべきかもしれない。そのことを考えると、自分の醜さはあまりに受け入れがたく、吐き気すら催《もよお》す。

「どうしましょう、ね」

冗談めかして答える澄香に、桜子は真顔になって言った。

「ねえ、澄香さん。もし、あなたさえお嫌でなければ、このままわたくしの仕事を手伝って下さらないかしら」

「え？」

現在、澄香の雇用主は仁ということになっている。つまり、仁の出張料亭の助手が主たる仕事であり、その空き時間に骨董店の店番やカフェを手伝っている形だ。両方を合わせて、どうにか生活できるだけの給料をいただいている。

「もちろん、そうなればアルバイトということではありません。きちんと正社員として遇させていただくつもりよ」

カフェのテーブルを挟み、向かい合わせに座っている。

桜子はいつも姿勢が良い。そこへもって来て今日は更に、ちょっと改まった感じで話を切り出され、何やら就職の面接でも受けているような気分になった。

「でも、オーナー。私は骨董のことなんて何も……」

桜子は、おほほと愉快そうに笑う。

「そんなの当然でしてよ。生まれながらに骨董に詳しい人などいませんわ。ですからね、澄香さん。わたくし、できる限りのことをあなたにお教えしたいと思っているの」

もったいない。この人は私を買いかぶりすぎだと澄香は思う。

「そんな。私なんかには無理ですよ」

首をふる澄香に、桜子は不思議そうな顔をした。

「あら、どうして？　骨董はお嫌い？」

「いえ、そうじゃなくて……私なんか、骨董を扱うような教養もないですし、オーナーみたいに綺麗でもないですし」

尊敬する女性を前に、ぐだぐだとネガティブな言葉を並べる自分がイヤになる。

「いやだわ。何をおっしゃるの」

桜子はテーブルの上で、お菓子の懐紙《かいし》をいじいじと弄《もてあそ》んでいる澄香の手に、そっと手を重ねた。

「あなたはとても素敵な方よ。そんな顔をしてはダメ。自信をお持ちなさいな。さあ、胸を張って、顔をあげて」

「オーナー……」

桜子は口角《こうかく》をあげて、にっこり笑って見せる。

つられて笑顔を作ろうとしておそらくは失敗しているであろう澄香に、大きくうなずき、彼女は言った。

「あなた、以前にカフェをやってみたいとおっしゃってたでしょう？　もしよろしければ、当面、このカフェをお任せしたいと思うの。そして、骨董にも徐々に慣れていただいて、いずれはおりおり堂をお預けしたいと思っています」

一瞬、彼女が言っている意味が分からなかった。

私がこの店を？

様々な考えが頭の中で渦《うず》まき、澄香は言葉を口にすることができなかった。

もちろん、すばらしいお話だ。だが、これといった取り柄《とりえ》もない澄香などに何故、そこまで言ってくれるのか。きっと哀れに思われたのだろうと澄香は考える。仁が好きで、仁のパートナーになりたくて、でも、虫除けにしかなれなかった哀れな三十路《みそじ》ゾンビの行く末を案じて、こんなお話を持ち出してくれたのだろう。

「あの。ありがたいお話すぎてもったいなくて、私、何とお返事していいのか」

そう言う澄香に、桜子は鷹揚に頷いた。

「ええ、それはもちろん。あなたの大切な人生のことですもの。どうぞ、ゆっくりお考えになって。選択肢の一つとして、頭の隅にでも置いておいて下されば嬉しいわ」

桜子は、仁のいないカウンターを見やり、言う。

「実はね、わたくし前々から考えてはいましたの。仁さんのことがなくても、いつかは同じお話をしたはずよ」


次の日の朝。澄香は焙煎《ばいせん》した豆を手回しのミルで挽《ひ》いていた。ミルのハンドルを回すと、ごりごりとした抵抗があり、ブレードに豆が当たって砕ける音がする。本来は豆の種類や焙煎によって、挽き方も加減するそうだが、澄香にはとうていそこまでの知識はない。桜子や仁が、その時々に教えてくれるので、メモを取っているのだが、いつまでも覚えきれず、何かするたび、いちいちそれを確認しているありさまだった。

「料亭ではコーヒーの淹れ方の修業までするんですか」

あまりに詳しいので、不思議に思って訊いてみたことがある。

「まさか」仁は目をむいた。

「ですよねー。でも、仁さんがあんまり、コーヒーにお詳しいので」

「それはここへ来てからだな。オーナーの影響だ」

仁はそのあと、少し懐かしそうに言ったのだ。

「俺が子供の頃すでに、ここのカフェでコーヒーを出してたんだ。最初は苦くて、砂糖とミルクを入れないと飲めなかったんだけど……」

うわあ、仁さんの子供時代、見てみたい！　そんな言葉を口に出すと、照れ屋の彼に怒られそう（もしくはドン引きされそう）なので、内心で叫んだ。

しかしながら、よく考えると、澄香以外の人々は結構、昔の仁を知っているのだ。

桜子は元より、当時、大学病院にいた克子先生を除けば、老先生に左門、玻璃屋のご隠居もそうだし、左門の奥さんまでもが中学生だった頃の仁さんを知っているというからうらやましい。

いや待てよ、と砕いたコーヒー豆をドリップ用のネルに移しながら、澄香は考える。

たしか、左門は仁の少年時代を評して「クソ生意気でやんちゃ。かと思うとどこか冷めてて、とにかく食えないガキだった」というようなことを言っていた。

生意気なクソガキ。それはそれで見てみたい。是非見てみたいと一人笑っていると、シャワーを浴びた仁が濡れた髪をバスタオルで拭きながら現れた。

生意気なクソガキの二十年後はセクシーすぎて鼻血がでそうだった。

京都へ行っていた仁は、早朝に着く夜行バスで戻って来た。今日はまだ出張料亭の予約は入っていないものの、明日からの準備や打ち合わせなどが入っているため、実質、仕事始めなのだ。

鶴首《つるくび》のポットで、細くゆっくりコーヒー粉に湯を注ぐ。中心からぶわりと膨らみ、いい香りが立つ。ぽとぽとと下に受けたガラスポットの中に、褐色《かっしょく》の液体が滴《したた》り落ちていく。

「いい匂いだな」

通りすがりに仁がつぶやく。

「う、うす……」

小さく返事をしながら、澄香はどうしても抗《あらが》えず、彼を見上げた。たちまち、こちらを見ているガンダーラ仏のような切れ長の瞳に目を奪われる。

ドリップ式はゆっくり時間をかけて、コーヒーを抽出するものだ。

彼の視線が澄香の手もとに下りて、はっとした。コーヒー粉がすっかり落ちついてしまっている。焦《あせ》らず湯をそっと回しかけ、同時に心を鎮《しず》める。

澄香の淹れたコーヒーを、桜子と仁、澄香の三人で飲む。

普段、澄香はミルクや砂糖を入れることが多いのだが、「おりおり堂」のコーヒーは香り高く、何かを混ぜるのがもったいない気がして、ブラックでいただくことにしていた。豆の持つ酸味とかすかな甘み、濃厚に焙煎された苦みと香ばしさが舌から鼻腔《びこう》に抜ける。

「うまい」

仁がつぶやく。

「山田もずいぶんコーヒー淹れるのがうまくなったな」

「う、光栄です」

ありがとうございます、と頭を下げる澄香に仁が少し笑う。

「ところで、仁さん。京都はいかがでした？」

桜子の問いに、仁は飲みかけたカップをソーサーに戻した。澄香の願望による思いこみがそう見せるのかもしれないが、今朝の彼はあまり嬉しそうではなかった。京都往復の強行軍で疲れているせいかもしれないし、澄香への配慮かもしれない。明らかに自分に思いを寄せている虫除け女が目の前にいるのだ。恋人が目覚めたからといって、世の中バラ色っ‼　と浮かれ騒ぐような軽薄な男ではないはずだ。

そうよ。だから、私はあなたを好きになったのですもの。

脳内劇場で、一人で悲劇のヒロインをやっている澄香の耳に、仁の声が聞こえた。

「それが」

ついにその時が来た。

うわあああと叫んで表へ飛びだしたいところではあるが、大人には避けては通れぬ道がある。

最悪、挙式はいつとか――。そういった類《たぐ》いの報告が来るのだろうと澄香は思っていた。

初夢に見た由利子の花嫁姿と、婚姻届。脳内劇場にお猿のバンブー楽団が奏でる「蛍の光」がこだまする。

「由利子は」

仁はそこで言葉を切った。少し溜息まじりに続ける。

「由利子お嬢さんとは話ができませんでした。何というのか、ひどく混乱していて……」

彼は重い口調でそう言って、腕組みすると目を伏せてしまった。

「まあ、そうなの？」

桜子が声をあげる。

「無理もありませんわね。あんなことがあって、何年も眠り続けていたんですもの」

仁はうつむいたままうなずく。

「それが……。事故の前一ヶ月ぐらいからの記憶が全部ないようなんです」

三年も眠り続けるような大事故なのだ。別に珍しいことでもないだろうと思ったのだが、
仁は首をふった。

「いや。思い出してもらわないと困るんだ」

「はあ」

曖昧《あいまい》な返事をしながら、正直なところ、澄香は首を傾げている。事故の記憶を思い出せとは随分、酷《こく》な話ではないか。誰だって、そんなショッキングなことは思い出したくないだろう。

「事故の記憶はいいんだ。その前のことを思い出してほしい」

テーブルの上で手を組み、祈るように彼は言った。

どうも不思議だ。奇跡の回復でもって、三年ぶりに目覚めた恋人と再会し、彼女が混乱していて話せなかったので残念だったというのは分かる。しかし、どうしてそれが事故前の記憶を思い出してほしいという話に繋がるのか？　その時、二人で何か大事な約束でもしたのだろうか？

澄香はぼんやりと、そんなことを考えていた。


一月は新年会の予約が多い。仁はその間を縫って、足繁《あししげ》く京都に通っている。半日でも空きがあれば、新幹線に飛び乗って行ってしまうような印象だ。

一月も終わり近くなったころ、「おりおり堂」へ藤村がやって来た。

「あっ、藤村さん」

思わず声をあげて駆け寄る澄香に、彼は嬉しそうな顔をした。

「ほう。君にしては珍しい。いつもこのくらい歓迎してもらいたいものだね」

「いや、あの。違うんです。私、ずっと指輪をお返ししようと……」

そうなのだ。アドベントカレンダーの二十四日の引き出しに入れられていた指輪を澄香が発見したのが大晦日だった。素人の目にもとてつもなく高価なものだとわかる。赤の他人からもらうような品ではない。しかも、指輪だ。それから何度も藤村に連絡を取ろうとしたのだが、年末から彼はヨーロッパに出かけており、帰国後も出張続きだとかで、まったく連絡がつかなかった。

「指輪？　ああ、あれか。澄香さん、そりゃダメだろう。もう一ヶ月も経つじゃないか。クーリングオフだって二週間だよ」

いやいや買ってないし。どっちかって言うと送りつけ商法だし。などと思いつつも澄香は頭を下げた。

「すみません。失礼なのは承知のうえです。本当にごめんなさい。でも、いただくわけにはいきません」

「ま、いいじゃない。そう固いこと言わないで。とりあえず君に預けておくから。この先のなりゆきを見極めてからでも遅くはないだろう」

「なりゆき？」

何のことだろうと思ったが、藤村は店内を見まわし、にやりとした。

「仁さんは京都かい？」

「え。はあ、そうです。明日の朝までには戻りますが、何か？」

彼は、ううんと首をふった。今までとは少し印象が違う。いたずらっぽいというのか、何か企《たくら》んでいる少年のような表情なのだ。

首を傾げる澄香に彼は言った。

「澄香さん。君、今、向こうでどんな話になってるか知ってる？」

「どんなって」

そういえば、この男は葵とパイプがあった。澄香の知らない情報を持っていても不思議はない。

「実はこの前、〝こんの〟を訪ねてね。いや、評判どおりの名店だったよ。葵さんに請われて由利子さんのお見舞いにも行ったんだが……正直なところ、今のままじゃ、とうていあの店の女将《おかみ》は務まらないだろうね」

「え、どういうことですか？」

もちろん、精神的な混乱もあるだろうが、葵によれば、由利子はまるで人が変わってしまったようなありさまらしい。

子供のように無邪気で短気。気分屋で怒りっぽく、周囲を振り回しているそうだ。

「そんな由利子さんの機嫌が良くなるのは唯一、仁さんが顔を見せる時だけなんだそうだよ」

無言になる澄香に藤村が追い打ちをかける。

「三年も目覚めない程の重症だったんだから、無理もないけど。僕はいささか仁さんが気の毒になったたな。まるで子供か犬になつかれてるような様子だったから」

「向こうで仁さんに会ったんですか?」

「ああ。気まずそうな顔をしてた、と言いたいところだけど、彼もなかなかのポーカーフェイスでね。いささかつまらなかった」

何を期待しとるんじゃと言いたくなったが、澄香はそれ以上に気になったことを訊いた。

「でも、恋人同士なんですよね。犬や子供じゃなくて」

「どうだろう。彼女の方がぞっこんなのは見れば分かるけど。仁さんには相手が病人だって遠慮があるのかもしれないな。けどね、澄香さん。周囲は一刻も早く由利子さんを仁さんと結婚させたいようだよ。まあ、体《てい》のいい厄介払《やっかいばら》いとも言えるかな」

「そんな」

「もちろん、仁さんを〝こんの〟に呼び戻して、ゆくゆくは後を継がせるつもりだろうが、実質上の女将は葵さんに、という考えのようだ」

やっぱりそうなのか。そして仁は、自分がいないと手がつけられない状態になる由利子をなだめるために、暇さえあれば京都へ通っているということ?

「それって由利子さんが好きだからなんですか? それとも責任感じてるから?」

思わずつぶやく澄香に藤村は両手を挙げた。

「おいおい、僕に訊くなよ」

そして愉快そうに澄香の顔を見る。

「ただ一つ言えるのは、この結婚に抵抗しているのは仁さん一人だってことだ」

抵抗している？

「しかしね、そうはいうものの彼、相当に不利な状況だよ。毎日、親方って言ったか、料亭の主人や奥さん、葵さんからも責め立てられてるようだしね。果たして彼がどこまで持ちこたえられるか。まあ、白旗をあげるのも時間の問題と見えたが」

何故だろう？　澄香は不思議な気がした。

愛した女性と一緒になって、〝こんの〟を継ぐのに何か問題があるのだろうか。

ケガのことや味覚障害のこともあり、更には加害者である仁が謙遜するのは分かるが、意地の悪い見方をすれば、逆に彼は断れない立場にあるのではないか。

「多分、仁さんは、こっちの仕事を投げ出したくないんだと思う」

澄香のつぶやきにうなずいた藤村の言葉はその推測を裏付けるものだった。

「ああ、そうかもね。彼、絶対に〝こんの〟に戻る気はないって言い張ってるようだし」

実際、「出張料亭・おりおり堂」の予約は一年以上先まで入っている。もちろん、先に行くほどまばらになるが、二月の半ばぐらいまではそこそこ予約で埋まっているのだ。

とにかく、仁が踏みとどまる限りは自分もここにいようと澄香は思った。

その後で、桜子の申し出に応じるか、一から出直すかを考えることにする。

睦月《むつき》、黄昏《たそがれ》。いつの間にか日脚《ひあし》が伸びたようだ。空に満ちた光の量も、以前に比べ、少しばかり増えた気がする。

自分の周囲は依然として真冬の寒さだが、どこかに明るい兆《きざ》しがあるのだろうか？

身を切るような冷たい風に首をすくめながら、澄香は冬枯れの梢《こずえ》を見上げていた。

如月《きさらぎ》
バレンタインのこぼれ梅

　パラバラ、パラ……。

「骨董・おりおり堂」の四隅に向かい、アミーガ様が無言で豆を撒《ま》いている。二メートル近い長身、金色に染めた角刈《かくが》り、殺し屋のように鋭い眼光の持ち主である。

ゴージャスなファーのロングコートをひるがえし、颯爽《さっそう》と彼（彼女？）は「骨董・おりおり堂」へ現れた。二月、節分の日の夕方だ。

「あら、マダム。これって豆撒き用のお豆？」

　アミーガはディスプレイ棚に置かれた大豆を盛った枡《ます》に目をとめ、言った。

「アタシも撒いていいかしら？」

「もちろんよ。おりおり堂の邪《じゃ》を祓《はら》って下さいな」

　桜子に促され、よしとばかりに枡を手にする。澄香にはずしりと重く感じられるほどの檜《ひのき》の一升枡だが、アミーガの大きな手にはちんまりと収まって見えた。さて、どんな豪速球を投げるのかと思いきや、まるで池の鯉《こい》にエサでもやるような軽い調子だ。

確かに、元レスラーだというアミーガが本気で豆をぶつけたら壁に穴が開きそうだが、それにしても無言の豆撒きというのは不気味だ。いつものアミーガなら「フウーッ、キルユー‼」などと物騒な雄叫《おたけ》びをあげて踊り狂いそうなところだが、今日はまたずいぶんとしおらしい。

「あら、アミーガさん。どうして何もおっしゃらないの？」

不思議そうに問う桜子に、アミーガは豆が残る枡をテーブルに置いた。

「鬼は外ー、福は内ーってヤツでしょ？　何だかイヤなのよォ、あーゆーの」

「どうして？」

「だって、マダム。考えてもみてちょうだい。鬼って、要は異端の象徴でしょう。どう考えたってアタシたち、世間様から豆をぶつけられる方だもの。それを口にするのはココロが痛むのぉ」

はあ、なるほど、と澄香は思う。

「まあ、面白いお考えだこと」

桜子が愉快そうに笑う。

「そうね。わたくしも賛成だわ。鬼を家の外に追い出したからといって、今の世の中、決して安泰ということにはならないでしょうし。それに……」

彼女が言葉を切ったので、お茶を淹れていた澄香は思わず目をあげた。

「誰の心の内にも鬼は住んでいますものね」

御年《おんとし》、八十オーバー。うふふと笑う桜子の艶麗《えんれい》さに、ぞくりとする。

アミーガが口もとを手で押さえ、きゃあああんっと叫び、身をよじった。

「もぉーヤダぁっ。ホンッと、マダムには敵《かな》わないわあ。何だか自分が小便臭い小娘のように思えて来ちゃうんだもの。ヤんなっちゃう」

小娘かと笑いをこらえる澄香に、アミーガは「いいこと？　山田。これは謙遜よ。もっとも、アンタは小娘以下よ、肝に銘じておきなさい」と牽制《けんせい》するのを忘れない。

澄香は格子戸を開け、空を見上げた。時刻は五時半近く。ちょっと前までは、このくらいの時刻には既に真っ暗だったものだが、今日はまだいくらか明るくて、暮れ残る光でどうにか物が見分けられる。

明日は立春《りっしゅん》だ。

不思議に曖昧な季節だと澄香は思う。暦《こよみ》の上ではこの日から春が始まるというものの、実際には今がもっとも寒い時期だ。今日だって、お昼前には北風に混じって雪がちらついていた。それでいて、晴れた日には陽ざしがぽかぽかと暖かく、光が眩しい程なのだ。

西の方はどんな天気なんだろうと、空を見あげて思いをはせる。西とは、つまり京都だ。京都には修学旅行をはじめ、何度か訪れたことがある。だが、もっとも印象深いのは数年前、姉の布智と二人で旅した冬の京都だった。二月の澄香の誕生日に合わせ、お祝い代わりに布智が連れて行ってくれたのだ。実際の誕生日には少し早い、ちょうど今頃の時期だった。祇園《ぎおん》から嵯峨野《さがの》、そして大原《おおはら》へ。冬枯れの京都もまた風情があって素敵だったけれど、お寺よりも街並みよりも、とにかく印象に残っているのはその寒さだ。もちろん雪深い地方の比ではないだろうが、京都の寒さは独特で、足もとからしんしんと冷えて来る。化野念仏寺《あだしののねんぶつじ》というところで、延々と並ぶ石仏を前に立ち尽くしていたら、そのまま凍って自分も石像になりそうな気がした。

仁は今、その京都にいる。由利子が入院する病院に通っているのだ。化野念仏寺からさほど遠くない場所だと聞いた。

仁さん、寒くはないかしら——。思わず北の宿でセーターを編んでしまいそうな気分だ。

「山田っ。いつまでそこでボサーッとしてんのよ。始めるわよ」

「はーい。今、行きます」

アミーガの声で我に返り、澄香は慌てて格子戸を閉めた。

アミーガの店では、節分の日にのり巻きを一本、その年の恵方《えほう》に向かって丸かじりするのが常連客の恒例となっているそうだ。そののり巻きは毎年、仁がアミーガ宅に出張して作っていたという。だが、今年は仁がいないので桜子とアミーガ、澄香の三人で作ることになった。

「そりゃあ、予約を忘れたアタシが悪いわよ！　だけど、毎年の恒例じゃないっ。仁ちゃんのいじわるっ、どうして空けておいてくれないのよっ」

その辺りの苦情については、先ほど散々聞かされた後だ。

半切《はんぎり》に酢飯《すめし》を合わせ、用意した具材を並べる。煮穴子にキュウリ、厚めに焼いた卵焼きを棒状に切ったもの、塩ゆでにした海老、甘辛く炊いたかんぴょうだ。

まず、桜子が見本を見せてくれた。巻《ま》き簀《す》に海苔《のり》を置き、酢飯を薄くひろげて具材を載せ、一気に巻く。巻き終わりの部分をきゅっきゅと手前に締めて一呼吸。巻き簀を外せば完成だ。

「さあ、山田。やってごらんなさいな」

何故か上から目線で、アミーガが鳩胸《はとむね》を反らしながら澄香に命じる。

「はあ。アミーガさんはおやりにならないんですか？」

「やるに決まってるじゃないの。言っておきますけどね、アタシは巻き寿司に関してはちょっとしたものなのよ。アンタがどれほどできるか見てやろうって言ってんじゃないの」

仁が作るのを横で見ていたことは何度かあるが、自分でやるのは初めてだ。

最初は具が横に寄ってしまったり、ご飯を詰めすぎて海苔がパンクしたりと、なかなかうまくいかず、「山田っ。アンタ、歪んでるのは顔だけになさいよ」「欲張りすぎよっ。まったく、こういう時って性格が出ちゃうわよねー」「ホラぁ見なさいよ。アンタの心の歪みがそうやって巻き寿司に現れるんじゃないの」などと、アミーガから叱咤《しった》されまくり、厳しい指導を受けている。

取っても取っても指に貼りつく米粒や、水をつけすぎてふやけて破れる海苔などと格闘している内に、それでも次第にコツがつかめ、ちゃんと真ん中に具が収まるようになってきた。

「やればできるじゃないの。大体、アンタ、何もしなさすぎるのよ。助手だか虫除けだか知らないけど、仁ちゃんに甘えすぎ。何でもかんでも仁ちゃんに頼ってるから、巻き寿司一つ満足に巻けない三十女なんてみっともないモノができあがるのよ」

「ええっ。それはちょっとひどくないですか、アミーガさん」

「何よ。反論できる？」

みっともない三十女か。うーむと澄香は唸《うな》る。たしかに反論のしようがない。その通りなのだ。仁の不在によって、改めてそのことを思い知らされる。

アミーガが持ち帰る分に、ご近所へのお裾分《すそわ》け用、と一段落ついたところで、のり巻きと茶碗蒸しの夕食をいただく。澄香はのり巻きを盛りつける大役を仰せつかり、冷や汗をかきながら、その作業を進めていた。仁がいれば、絶対に回っては来ない重要なお役目だ。適当な厚さに切り分けたのり巻きを朱塗りの盆にバランス良く並べ、節分らしく柊《ひいらぎ》の葉をあしらう。

「オーナー、いかがでしょうか」

お伺いを立てると、桜子は「素敵ですこと、澄香さん」と言ってくれた。

ほっとする澄香の隣でアミーガが首をふる。

「甘い。甘いわよぉマダム。せいぜい七十点ってトコじゃなあい？　ま、山田にしちゃ上出来だけど、まだまだ修業が足りなくてよ。隙だらけなの、アンタの盛りつけは。もしも山田が忍者ならお家《いえ》は転覆ね。より一層の精進をなさい」

何のたとえですかそれはと思いつつ、辛口の批評はありがたいものなので、神妙に受けておく。アミーガはこれから店に出るそうだが、茶碗蒸しの魅力に抗えず、ついでにのり巻きの味見もして帰ることになった。

茶碗蒸しは桜子が作ったもので、のり巻きの具材から少しよけておいた海老と穴子、炒ったギンナン、百合根《ゆりね》に、椎茸が入っている。うつわの蓋を開けると、ふわりと柚子の香りがした。三つ葉と柚子皮がのった、つるんとした卵の表面に木の匙を入れると、宝物のように具が顔を出す。ぷるぷるした卵と一緒に口に運ぶのは、まさに幸せな瞬間だ。

「ハア、なめらかぁああ。アタシのお肌のようだわよ」とヒゲそり跡もあらわなアミーガが叫ぶ。

「ぶっ」つい噴き出してしまい、「何よっ」とアミーガに怒られてしまった。

本当になめらかな舌触りだ。上品なお出汁の味とそれぞれの具材の味が優しい卵でくるまれ、つるんと喉を通っていく。ただし、その熱さは要注意だ。

「あっつ」

涙目になりながらも、冷めてしまう前に、と頑張るのだ。

続いて本日の主役、のり巻きに箸をのばす。海苔のいい香りと、甘すぎず酸っぱすぎず、絶妙な味加減の酢飯に、具材の味わい。全体に上品だが、それぞれがきちんと自分の存在を主張し、なおかつバランスよくまとまっている。

「今はまだほんのり温かいでしょう。もう少し冷えて落ち着いた頃にいただくのも、味がなじんでおいしいのよ」

桜子の言葉に、「楽しみだわあ。丸かじり」とアミーガが喜んでいる。それは是非、食べてみなければということで、澄香も少し貰って帰って、お夜食にいただくことにした。

「でも、不思議よねえ」

アミーガが言った。

「どうしてかしら、仁ちゃんが作るのと同じ味がするの。のり巻きも茶碗蒸しも」

桜子は微笑み、うなずく。

「そうね。きっと、それは仁さんがわたくしに合わせて下さっているからでしょう」

酢飯の味加減も、具材の味付けも、すべて桜子によるものだ。

仁が「おりおり堂」のまかないに作る料理は、どことなく家庭的な味付けである。

よくよく見ていると、仁は同じ出張料理でも、その時々の顔ぶれや場面によって微妙に味付けや調理方法を変えていた。

依頼主にも色んな人がいて、本格的な懐石料理を望む人ばかりではない。家庭的なあたたかさを求める人もいるのだ。そんな折、彼が作るのは料亭で学んで来たものではなく、料理上手な桜子の味を踏襲《とうしゅう》したものなのだ。

「そうなの……。何だか、切ないわ。ここにいない仁ちゃんが傍にいるみたい。でもいないの。ああっ、辛いっ、辛いわっ」

同感だった。

もし、このまま彼が帰ってこなければ、自分はどうするべきなのか。桜子の好意に甘え、「骨董・おりおり堂」に残るか。あるいは、一から就職先を探すか――。

就職か……。もしかすると、以前よりもっと不利になっているのかもしれない。

そう考えるとめまいがしそうだ。

たとえば、どこかの企業へ就職の面接に行ったとして、この十ヶ月間をどう説明する？

「ほほう、出張料亭ですか。で、アナタはどのような業務を？」

「はあ……。料理人の助手をしておりました」

「なるほど。で、その経験を我が社でどのように活《い》かしますか？」

経験。たしかに十ヶ月前には触ることもできなかった魚を、どうにか捌《さば》けるようにはなった。以前ならばまったく考えてもみなかったうつわのこと、季節の花や葉、和紙などを使った盛りつけの技術。食材の旬や素材の善し悪《よあ》し、料理との相性を見立てる能力も、少しではあるが向上したはずだ。だが、その力を活用できる場所は、どう考えたってオフィスにはない。

ここへ来る前、澄香は事務職についていた。その分野に戻る前提で考えるならば、この十ヶ月間に身についたスキルはほぼ役に立たず、むしろブランクをマイナスに評価されかねない。

「色んな人と出会ってぇ、色んな考え方を見聞きしてぇ、勉強させていただきましたぁ」

などと言って許されるのは新卒の学生だけだろう。いや、今となってはそもそも面接まで辿《たど》り着《つ》けるかどうかも怪しい。

恐らく、もっとも簡単な選択肢はハケンに戻ることだ。だが、もうその選択をすべき時ではない。そんな気がする。

安定した地位にある正社員とは違い、仮に病気になっても休業補償はなく、一歩足を踏み外せば、そこから先はまっ暗闇だ。そもそも今は仕事があったとしても、次、あるいはその次か、いつ切られても不思議はないのだ。数年先、数十年先のことなどもちろん分からない。あっちを向いても闇、こっちを向いても闇。とても長くいられる場所ではない。長くいられないという意味では、澄香が今、住んでいる蚕棚のような部屋と同じだ。たとえば、結婚までの一時期。正社員の仕事が見つかるまでの一時期。仮に身を寄せるつなぎのような場所のつもりだった。

仕事も仮、住む家も仮。これまで澄香は、むしろ、それらは安易に決めてしまってはいけないものだと考えていた。画鋲《がびょう》で留めるか釘《くぎ》を打ち込むか。釘を打てば、その先の選択肢が狭まってしまうだろう。一旦《いったん》打ち込んだ釘を引き抜けば、木材だって無傷ではいられないのだ。

今となってはすっかり忘れてしまっていたが、「おりおり堂」へ来る前、澄香は婚活をしていた。人生における一大ターニングポイント、それは結婚だ。それを機に、大きく人生が変わるはずなのだ。そのポイントより前に、何かを決定づけるようなことはすべきではないと、澄香は漠然と考えていた。まずは結婚。そこから先、自分がどちらの方向に向かうのかは相手次第。双六《すごろく》のようなものだ。どの目が出るかは自分では決められない。逆に言えば、結婚相手さえ見つかれば、自然に新たな局面が見えて来るのだと思っていた。

間もなく、澄香は三十三歳になる。そろそろ仮ではない人生を、自分で選び取らなければならないのかもしれなかった。


「きゃっ。ヤダァ、びっくりした」

重箱に詰めたのり巻きを赤いバラ模様の派手な風呂敷に包んで持ち帰ろうとしていたアミーガが格子戸の前で声をあげた。

「びっくりしたのはこっちだ。節分の鬼がリアルで現れたのかと思うたわ」

アミーガよりも数オクターブ低い声。クールに言い放つのは古内医院の克子先生だった。スッピンに黒縁の眼鏡。ひっつめのお団子頭。普段の姿を知る人々からすれば、クリスマスイブに見たあでやかな姿など想像もつかないだろう。

「化粧をするのはオフの余興なのだ」とうそぶく彼女は、この町きっての優秀なドクターだった。

「なんですってぇえ？　アンタこそ何よ。しみったれた格好でウロウロしちゃって、しゃもじでも持ちゃあ、そのまんま昭和の主婦みたいじゃないのよ」

「ほー、そうかね」

アミーガの挑発をてんで意に介する風もなく、涼しい顔で桜子や澄香と挨拶を交わしている。意外なことだが、この二人は親友同士なのだ。毒をもって毒を制すというか、何やらコブラ対マングースの趣《おもむき》だが、学生時代から続く三十年来の友人だそうだ。

「克子っ。アンタ、今夜来るんでしょうね。節分ナイトよ」

「ああ、そのつもりだ。ただ、ちょっと厄介な患者がおるゆえ、遅くなるかもしらんよ」

「とっとと来ないと、丸かじりができないわよっ」

そう言い残し、アミーガは帰って行った。

「あら、でも患者さんって、克子先生。今日の午後は休診ではありませんでした？」

「それが、急患がありまして。いやはや参りました。まずはコーヒーをいただけますかな」

「はいはい、ただいま」

桜子がにこにこしながら、克子先生好みの濃いめのコーヒーの用意にかかる。

「時に、山田君。仁君の姿が見えぬようだが？」

「はい、あの……京都に出張中でして」

厳密にいうともちろん出張ではないのだが、対外的にはすべてこう答えることにしていた。

「ほう、そうか。それは残念、少々相談したいことがあったのだが」

「そのように申し伝えます」

「お願いしますよ」

克子先生は満足げに目を細め、コーヒーを啜《すす》りながら、ほうと溜息をつく。こうして見ると、彼女は意外なほどにベビーフェイスだ。小柄なこともあって、ちょっと見ると中学生のようだ。それでいて、妙な貫禄がある。父にあたる老先生同様、この人を前にすると何やら見透《みす》かされているような、思い通りに操られてしまいそうな、不思議な魅力があった。

「厄介な患者さんって、どうかなさいましたの？」

桜子の問いにうなずき、彼女は言った。

「原因不明の腹痛でして。恐らく精神的なものだと思うのですが、何分にも相手が子供なもので、なかなか一筋縄ではいかぬのです」

小学校の帰り際に突然、苦しみだし、近くの古内医院に担ぎ込まれて来たらしい。

「父はこのような患者を得意としておるのですが、私はまだまだ……」

克子先生は大学病院で先端医療を長く学んできた人だ。それでも、こうやって謙遜する。医学に関しては謙虚な姿勢を崩さないのだ。

折悪《おりあ》しく老先生は渓流釣りに出かけており、色々検査をしたものの、結局、原因が分からなかったそうだ。先ほど老先生が帰宅されたので、後を託して出て来たという。

「実は少々、因縁《いんねん》のあるお子さんでして」

克子先生は身を乗り出すようにして、向かいに座る桜子に言う。

「オーナーもよくご存じの小山さん宅のくるみちゃんなのです」

「まっ、くるみちゃんのお話でしたの？」

桜子が驚き、容体《ようだい》を訊いている。

運びこまれたくるみ嬢は、克子先生の顔を見ると痛みが嘘のように引いたらしく、それ以降発作は起きていないそうだ。そう聞いて、澄香もほっとした。あのブサ猫によく似た顔で痛みに耐えていたのかと思うと、涙が出そうだ。

そこで澄香は、あれ？　と思った。

「でも、学校って……。くるみちゃん、転校したんじゃなかったんですか？」

「そこさね、山田君」

克子先生が澄香に言う。

「さっき因縁があると言ったろう。どうもあの夜の我々の所行が思わぬ問題を引き起こしたらしいのだ」

克子先生のお供で、古内医院に向かう。

澄香は、通いの家政婦さんがお休みで食べるものがないという老先生と克子先生のためののり巻きや、桜子からのおかずの差し入れを携えて来たのだ。実は、もう一軒分、差し入れを用意してある。間もなく、保育園に大河を迎えに行った小山が医院を訪れるという情報が入ったためだ。

克子先生の話によれば、クリスマスのあと、九州から帰って来た小山と、実家から戻ったミカの間で大喧嘩になったらしい。

クリスマスイブに熱を出したのは弟の大河の方だ。病気の子供を置いて、どこへ行ってたんだと怒る小山に、ミカはミカで、自分の不在時に他人を招き入れ、しかも主婦の城である台所を勝手に使わせるとは何事かと、手のつけられない怒りようだったのだという。

「うわぁ、それって私たちですよね」

思わず首をすくめる澄香に、克子先生は自転車を押して歩きながら、渋い顔をした。

「んなこと言ったって、あの時は他にどうしようもなかったろう。我々はベストを尽くしたのだ。特に、君らはね。よくやってくれた。褒められることはあっても責められることはあるまいて」

そう言って、ぽりぽりとひっつめた頭を掻《か》いている。そういえば、この人は仮面舞踏会みたいな格好で、ご本人いわく「大人の社交場」に向かって出かけて行ったのだった。

仁も一旦「おりおり堂」へ戻らなければならず、結局、澄香が一人で、その病児と姉を一晩中見守るはめになったのだ。

ああ、でも……。あの朝の甘くて優しいミルクがゆの味は忘れないわっ、仁さん。

京都方面の空に向かって叫びたくなる。初めて仁と共に迎えた朝のミルクがゆなのだ

（ただし、コブつき・肝心の夜抜きである）。

そういえば、と澄香は思い出した。あの時、澄香の皿にアーモンドが入っていた。澄香が当たりを引いたことになる。一年間の幸運が約束されると仁が言っていた気がするが、実際には新年早々、このざまである。アーモンドめ。

ちちちちと自転車の車輪が回る音がする。

大通りから西に入ると、昔ながらの屋敷街が拡がっている。高い塀《へい》が続くばかりで他に人影はなく、通りの喧噪が嘘のように静かだった。

「しかし、結婚というのは難しいものだな」

克子先生がぽそりと言った。

「結婚したことがないので、私にはよく分からんが……」

結局、小山とミカは喧嘩別れしたままで、本来ならば新居になるはずだった家には妊娠中のミカとその子供たちが暮らし、小山とくるみ、大河のきょうだいは以前の家にそのまま留まっているという。くるみは暫定《ざんてい》的に以前の小学校に通うことが認められたものの、大河の方は簡単にはいかず、一時的に認可外の保育所に預けられているそうだ。

「なんか子供たちがかわいそうですよね。親の都合で振り回されて」

「まさしく」

苔《こけ》の生えた石畳の道に自転車の鼻先をつっこみながら、克子先生がうなずく。お寺の墓地の脇を抜ける歩道だ。ここを突っ切ると、古内医院の裏口に出るのだ。

「結婚って、いったい何なんでしょうね」

克子先生が意外そうな顔で澄香を見る。

「私よりは山田君の方が詳しそうだが」

「えええー、私ですか。全然ですけど」

「ほう」

そう言ったきり彼女は黙ってしまった。けえーっと鳥が鳴き、かさかさと枯れ葉が揺れる音に、びくりとなる。何か喋っていないと怖いので、澄香はわざと明るい声を出した。

「あの、克子先生は結婚しようと思われたことはないんですか？」

うむ、とうなずき、彼女は言う。

「そのうちに誰か出てくるだろうと思ったのだが、一名たりとも現れることなく現在に至る」

その言い方が面白く、うっかり笑いそうになってしまった。

「で、でも、お医者様っておモテになるのではありませんか？」

「女医だよ？　他は知らんが、少なくとも私はモテた記憶がない」

「そうなんですか？　魅力的なのにな」

これは別に嘘やお世辞ではない。それほど付き合いが長いわけでもないが、知れば知るほど奥深いというのか、何やら底なし沼のような不思議な魅力の持ち主なのだ。

それにしても、と澄香はおかしくなった。自分よりずいぶん年上のドクターと、墓場でガールズトークである。

「仁君が」

不意に克子先生の口から出た言葉に、どきりとした。

「あ、はい」

「仁君のように料理上手な男であれば結婚相手として、良いのではないかと考えてみたことがあるのだが」

焦る澄香を横目で見て、克子先生はフンッと笑った。

「考えただけだ」

「は……」

「相手の意向を無視して勝手なことを言うが、何というのか、仁君は少し寡黙すぎよう」

ぽんと言い捨てられ、澄香は少しばかり反発を覚える。

「あ、はい。でも、それも含めて仁さんの魅力なのではないかと」

「無論、そうだ。私もそう思う」

だがね、と克子先生は片手で裏木戸を開けながら言った。

「人間には相性というものがあるだろう。私も口が重い方なので、仁君と二人でいると、何やら武士の詰め所《しょ》のような雰囲気になってしまうのだ」

武士の詰《つ》め所？　そういえば、澄香から仁の話を聞いた友人、恋愛ハンターの諸岡みうが、仁を評して「武士っぽい日本男子」と言っていた。

そして、以前アミーガから、克子先生の小、中学校の時のあだ名は「お侍《さむらい》さま」とか「鎌倉（武士）」だったと聞いたことがある。

二人の武士が無言のままで、しかつめらしく向かい合って碁《ご》を打つ姿が浮かび、澄香は盛大に噴き出してしまった。

「その点、山田君はいつも楽しげなところがいいのだろう」

「え、そうですか？」

唐突《とうとつ》な言葉に驚く澄香に、克子先生はうなずく。

「うむ。能天気というのだろうか。単純というか、裏表がないのがいいのではないか」

これは褒められているのだろうか。それとも喧嘩を売られているのか？　ううむ。彼女の真意が見えない。困惑しつつ、闇に沈む薬草園や小さな温室を見ながら進む。

古内医院の庭である。右へ行くと、医院の表玄関。左は古内家の勝手口へ繋がっている。

澄香は、克子先生の自転車の前カゴに載せてもらっていた荷物のうち、小山家の分が入った紙袋を取った。元はケーキ屋の袋だ。重箱が入っているので、結構かさばるのだ。

自分は勝手口から入るので、表から回るよう澄香に指示し、自転車を停めていた克子先生は、ふと思い出したように顔をあげた。

「近頃、仁君はよく笑うようになったと思うてな。それは何故かと考えたのだが、山田君が来てからだという結論に達したのだ」

「えっ」意外な言葉に、澄香は紙袋をぶら下げたまま、びっくりして立ち止まる。

「私の見立てでは、君といる時、仁君は重い荷物を下ろしてくつろいでいるように見えるのだ」

声が出なかった。

何やらとてつもなく嬉しいことを言われている気がするが、一瞬、信じがたくもあったのだ。

「実はアミーガも同意見なのだが、山田にだけは死んでも言うなと釘をさされておっての」

そう言って、ククククと笑う。

じわじわと克子先生の言葉が身体中の細胞に浸透していくようだ。顔がにやけてしまう。

私の前でくつろぐ仁さん！

世の中にこれ以上、恋するゾンビを舞い上がらせる褒め言葉があるだろうか。

ふわふわと雲の上でも歩くような心持ちで、飛び石をわたり、表玄関に回る。丸い持ち手のついたガラスドアの内側にはクリーム色のカーテンが引かれ、本日休診の札がかかっていた。前にここに来たのは、去年の夏にアジをおろそうとして見事失敗し、滑った包丁で手を切った時だ。

はあ、あの頃は楽しかったなあ……。無意識にそんなことを考えている。

あの頃の自分は、仁に婚約者がいることも、その人がどれほど大変な状況にあるのかも、何も知らず、ただただ無邪気に仁に恋していられた。

しかも、その恋は決して成就するはずのないものだと澄香は思い込んでいた。ただ目の前の仁を見ているだけで満たされていたのだ。

無邪気とは邪気がないこと。節分の日に豆を撒いて祓うのは鬼の姿に象徴される「邪気」だ。邪気とは悪意のことである。桜子の言葉ではないが、今の自分の内側は邪気で一杯、鬼の住処《すみか》にほかならない。無邪気な恋の対極にあるのは、邪気で一杯の恋ということになる。

勝手口から入った克子先生が鍵を開けてくれるのを待つうちに、浮かれ気分がしぼんでいった。

どういうつもりで克子先生が澄香にあんなことを言ってくれたのかは分からない。だが、今となっては、もうそんな能天気で単純な自分には戻れそうになかった。もしかすると仁だって、もう澄香の前ではくつろげなくなっているかもしれない。そう考えると、ぐりぐりと心を抉《えぐ》られるような気がする。

　一気に転がり落ちた気分でいる澄香の耳に、どこからか楽しげな家族の声が聞こえて来た。

「鬼は外ー。福は内ー」
アミーガが厭《いと》うかけ声だなと、ぼんやり考える。近所の家で豆を撒いているのだろう。母親らしき女性の声、子供たちの歓声。鬼役なのか、ウオーと吠える父親らしき人の声。
自分はどうやったって、仁とあんな家族にはなれないのだと思う。
見えない豆を全身に浴びているような悲しい気分だった。

「くるみちゃんはのう、カレーライスが好きなのじゃよ」

　老先生が振り返り、言った。克子先生が戻っての第一声がこれである。

「ほう」

　克子先生がベッド脇に下がる点滴の速度を見ながらうなずく。くるみ嬢は「魔法の点滴」を受けている最中で、処置室のベッドの上で腕だけ出して天井を見ていた。この点滴を我慢できれば、もうお腹が痛くなる心配はないという魔法がかかっているそうだ。

　老先生の情報によれば、くるみ嬢が一番好きな食べ物が卵焼き、その次がカレーライスだという。そういえば、カレーライスは小山の数少ない得意料理だと、仁から聞いたことがあった。小山家では、昨日の晩ご飯がカレーライスだったらしい。

「くるみちゃんのカレーライスの楽しみ方はなかなかの通《つう》なのじゃよ」

ほのぼのした口調で老先生が言った。

いわく、小山はルーを入れる段階で鍋を二つに分けるそうだ。子供たち用の甘口用と、自分が食べる辛口用だ。

奥さんが入退院を繰り返すようになって、初めてカレーを作った時、小山は独身時代同様、辛口のルーを買い求めた。そのカレーを食べた子供たちは、あまりの辛さに泣き出してしまったという。

それ以来、小山は二種類のカレーを作っているわけだが、〝通〟のくるみ嬢は自分用の甘口を半分食べたところで、お父さんの辛い大人カレーを一口もらうことにしているのだそうだ。毎度、「大河も大河も」と名乗りをあげる弟が、スプーンをちょっと舐《な》めただけで撃沈するのを横目に見ながら、じっくり味わうのが通の楽しみ方らしい。

「へえ、くるみ君は辛くないのかね?」

克子先生の質問にくるみ嬢は「辛いけど、辛くないの。おいしいの分かるもん」と答えている。おこちゃま大河に差をつけたところで、残りの甘口カレーに戻り、ひりひりする舌を癒《いや》すのだという。想像すると、あんまり可愛かったので思わず笑ってしまった。

しかし、その笑い声で澄香に気付くと、くるみはびっくりしたように目を見開き、身を縮めた。それまでのほのぼのムードが一転、たちまちモップを丸めたようなしかめっ面に変わってしまった。まるで、十二時で魔法が解けて馬車がカボチャに戻ったようだ。そこにいるのは、おなじみのブサ猫である。

くるみ嬢の豹変《ひょうへん》ぶりに驚いた二人のドクターが、一斉《いっせい》にこちらを見た。

慌てた澄香が、はははと笑ってみるが、くるみ嬢は顔をこわばらせたままである。ブサ猫ガールは頑なだった。

お前、何かやらかしたのかという、疑惑のまなざしで見られるのは誤解だからいいとして、問題はくるみ嬢だ。このままでは、点滴の魔法さえ切れ、再び腹痛を起こしかねないほど不機嫌そうな様子なのだ。

澄香は焦り、不機嫌なモップをなだめるように言った。

「久しぶりだね、くるみちゃん。この前、ジンお兄ちゃんが作ってくれたミルクがゆ、おいしかったよね。クリスマスの朝のこと、覚えてる？」

若干《じゃっかん》、作為的な猫なで声ではあるがやむを得まい。

ブサ猫ガールは、不機嫌きわまりない顔で澄香を見ると、うなずいた。

くるみ嬢が澄香に対し、何故こうも頑なな態度を取るのか。思えば、最初に駅で会った日からずっとそうだった。事情をよく知らない澄香は、そんな顔の子供なのだろうかと思っていたほどだ。だが、点滴に繋がれた今日のくるみ嬢は、普通に愛らしい小学一年生の女の子だった。ただし、澄香の存在に気付くまでは、である。

別によそ様の子供に好かれようが嫌われようが一向に構わないのだが、こうもあからさまだと逆に気になって来る。よもや、澄香の身中より発する邪気か何かをかぎ取って反応しているわけではあるまい。第一、それなら弟の大河も何らかの反応を示しそうなものだ。

申し訳なさそうな小山に連れられ、姿を見せた大河は、澄香を見ると、くりくりした坊主頭も愛らしくまっすぐ駆け寄って来た。「ジンは？　ジンは？」としか言わないのが、いささかしゃくに障《さわ》ったが。

モヤモヤしていたものが、ようやく形を結んだのは、小山家へ向かう道すがらだった。

澄香が小山たちに同行しているのはわけがある。

魔法の点滴が終わり、すっかり元気を取り戻したくるみ嬢がお腹がすいたと言うので、古内医院のキッチンを借りて、子供たちにのり巻きを食べさせた。その間、小山は診察室で老先生、克子先生と話し込んでいるようだった。

キッチンはガスのファンヒーターで、ぬくぬくに温められていた。父親を待つ間に、いつの間にか二人のきょうだいは眠ってしまっていたのである。ついでに澄香もうとうとしていた。話が終わった小山に起こされ、大河はどうにか目を覚ましたが、くるみ嬢が起きない。病み上がりでもあることだし、というわけで、小山がおぶって帰ることになったのだ。

くるみを背負って、大河を乗せた自転車を押しながら、書類カバンに差し入れの紙袋、ランドセルに保育園の荷物まで抱えて歩く、というのはどう考えても危ないので、澄香が帰り道を遠回りして、家まで荷物を持っていくことになったわけである。

防寒用のフリースカバーですっぽり包まれ、頭にはヘルメット。お地蔵さまのようになった大河も眠いようで、しきりにあくびをしている。そのまま眠ってしまいそうな勢いだ。

「すみません、つき合わせてしまって」

「ははは。いいえ、お気になさらず」

そう言ったきり、会話が続かない。

くるみのしかめっ面はともかく、今の小山が仁や克子先生や自分にあまりいい感情を持っていないことは何となく分かっていた。克子先生ははっきりとは言わなかったが、小山は、年明けにミカと大喧嘩したことについて、やはり何かしら思うところがあるようなのだ。

「最低ですよね、俺」

だから、子供を背負ったクマのような男に繊細そうな小声で言われ、びっくりした。

「分かってるんです。橘さんや克子先生を責めるなんてお門違《かどちが》いも甚《はなは》だしいのに、でも、あんなことにならなければ、妻ともこうはならなかったのかなと思ってしまって……」

「はあ。何か色々タイミングが悪かったんですかね」

謝るのも何か違うような気がして、澄香は前を向いたまま答える。実際、小山の出張、ミカの実家で病人が出たことに加えての大河の発熱が重なった。しかも、あの日がクリスマスイブでなければ、教会で一晩、子供たちを預かってもらえた可能性が高い。これでもかというほど、悪条件が揃ってしまったのだ。

「ええと、小山さんはこちらにはいつまでいらっしゃるんですか？」

そう言ってから、立ち入ったことを訊いたかと後悔した。おまけにかなりイヤミな気もする。旅行者に訊ねているのではないのだ。

いや、しかし、これぐらいのイヤミは言わせてもらおうと澄香は思い直した。本当なら、てめえの妻が細かすぎるんだよと言いたいところだ。

「分かりませんね……。いずれにしても、今のままじゃ妻も承服しないでしょうし」

「今のままって？」

小山はそっと振り返り、くるみが眠っているのを確認するようなそぶりを見せる。大河は眠気を克服したらしく、妖怪ナントカの歌をエンドレスで熱唱して満足そうだ。

「やっぱり、この子たちの母親のことが気になるようで」

そんなことは百も承知で一緒になったのではないのかと思ったが、友人でもない彼に向かってそうも言えない。

　それよりも澄香には気になることがあった。まさかなと思いつつ訊いてみる。

「あの、小山さん。もしかして、仁さんだからってことですか？」

「はい？」クマのような男に可愛らしく聞き返されてしまった。

「もし、あのクリスマスの朝、子供たちにごはんを食べさせたのが仁さんじゃなかったら、ミカさんはここまで態度を硬化させなかったとか？」

「ああ、そうかもしれませんね」

　小山はさらりと答えたが、澄香にとってこの答えは衝撃的だった。

「じゃあミカさんは、仁さんが亡くなった奥様のレシピを継承している事をご存じなんですね」

「ええ」

　小山は太い眉《まゆ》を八の字に下げ、困ったような顔でうなずく。

「大河が喋っちゃったようなんですよ。もちろん、こいつのは片言《かたこと》に毛の生えたようなものだから、最初は何言ってんだか分からなかったみたいなんだけど、段々ね、色んなことが繋がっていったっていうか」

　澄香は、はっとした。

「あ。じゃあ、もしかして、くるみちゃんが仁さんや私を避けようとしてたのって」

「避けようとって、くるみがですか？」

小山は驚いたようだ。

家に着いて、くるみを布団に寝かせ、中身を空けた重箱を持って玄関先に出て来た小山は澄香に言った。

「もしかすると、くるみは誰よりも気を遣ってたのかもしれませんね。あいつ、橘さんのことが大好きだったのに」

そう言って、やりきれないような顔で澄香に向かって頭を下げる。

てやんでぇ、そのアタマは自分の娘に下げやがれっと思ったが、そのまま会釈をして玄関を出た。クリスマスに来た時は、鬱陶《うっとう》しいほど乗り物やおもちゃで溢れていた玄関周りが、今日は妙にすっきりしている。元々ここにあったものも含めて、ほとんど全部をミカが新居に持って行ってしまったのだそうだ。それを聞いて、玄関で靴を脱いでいた大河が「大河の車。大河の車」とうるさく言い募り、小山が「あっちの家に行ったらな」といなしていた理由が分かった。

それにしてもなぁ、と澄香は駅に向かって歩きながら考えている。

玄関先に植木鉢を並べた建て売りの住宅が並ぶ界隈《かいわい》だ。街灯の下、野良猫が数匹、我が物顔で横切っていく。

克子先生ではないが、まさしく結婚は難しいものだ、である。

どうやらくるみ嬢には、大好きな仁の存在が、継母のご機嫌を損ねてしまうことが分かっていたようで、できるだけ仁との接点を持たないようにと気を遣っていたらしい。それで、最初に駅で会った時、仁にまとわりつく大河を引きはがそうと苦心していたわけだ。彼女は彼女なりに小さな胸を痛め、ついには精神的に参ってしまったということらしかった。

ちょっと小山をぶん殴《なぐ》ってやりたい気分ではある。

やれやれと思っていると、背後からヒールの靴音が聞こえて来た。まだ十時を少し過ぎたところだ。別に不思議にも思わなかったのだが、急ぐ足音は澄香の横に並ぶと、スピードを落とした。

「あの」

急に話しかけられびっくりした。

「は？　はい」

相手を見れば、大人しそうな若い女性である。流行などとは無縁のいでたちだ。よく言えば、非常に清楚《せいそ》。意地悪な見方をすれば、少々ださいとも言える。だが、それは同性の見解だ。華奢で白い肌、さらさらした黒髪。男ウケはパーフェクトなのではないかと思われた。いかに男ウケが良かろうとも、澄香自身は決してしようとは思わない格好ではある。

澄香の意見はともかく、目の前の彼女が、つい守ってあげたくなるようなタイプの女性であることは間違いなかった。

「あの。お姉さんは、今の家のご主人とお知り合いなんですか？」

「いえ」はあ？　何？　この子。ストーカー？

十ヶ月にわたり仁の虫除けボディガードをしてきた経験からつい身構えてしまうが、考えてみれば、あの小山をストーキングする女がいるとは思えなかった。適当にごまかして立ち去ろうかとも思ったが、万が一、ミカが離婚調停とか何とか言い出した場合に、正体不明の女（自分）が出入りしていた記録があるのはいかにもまずい。とてもそうは見えないが、この子が探偵でないとは言い切れないのだ。

「友人の友人といったところですけど、どうかされましたか？」

「あ。お友達のお友達なんだ」

彼女は少し迷う様子を見せ、しばらくしてから口を開いた。

「あのぅ。小山さんのご主人のことを大切に思っているお友達がいるなら、その方とお話しできませんか？」

何だそれ？　と思うが、確かに澄香にとって小山はさして大切でもないし、そもそも友人ではない。むしろ、さっきまでぶん殴ってやろうかと思っていたほどなのだ。そんな人物がいるとすれば、仁だろう。

「できなくはないと思いますけど……。どういったお話ですか？」

「あ、ミカちゃんのことなんですけど。私、ミカちゃんの友達なんですよ」

「はあ」

渦中《かちゅう》の嫁さんの友達か。少々きな臭いものを感じる。

「それってもしかして、小山さんご本人にお話しした方が良くないですか？」

小山家に引き返そうとする澄香を、彼女は「ダメダメ。ダメですよー」と大慌てで引き止めた。

「私が喋ったって、ミカちゃんには知られたくないんで」

月曜日、チョコレート会議なるものが開催された。

実は、一月《ひとつき》ほど前、アミーガ宅への月例出張の際、澄香はオネエたちから申し渡されていた。

「山田にも、仁ちゃんを取り巻くオンナの流儀ってものを教えておかなくちゃね」

仁の目を盗み、耳打ちされたのはバレンタインデーに関する協定だった。委員会（？）の許可なく、仁にバレンタインの贈り物をしてはならないのだという。

「当然アンタも委員会に参加するのよ。分かった？」

マルルリアン妖精にアニメ声で言われ、澄香は面食《めんく》らった。

「何よ。アンタ、不満そうね。まさか造反するつもりじゃないでしょうね。許さないわよっ。虫除け女の分際で」

いつも冷静な物言いをするカイカマヒネ律子《りつこ》にまで詰め寄られ、澄香は身を縮める。

「い、いえ、そうじゃなくて。何というかちょっと意外な気が……」

何しろ、この協定には桜子や「おりおり堂」常連の鈴木さんたち、玻璃屋の奥さんはじめ近隣の商店のおかみさんやお姉さん、宅配便配達の女性、果ては克子先生まで加わっているというのだ。どの人も、そんな子供じみた牽制を好みそうにないし、そもそもアミーガたちは普段から、横並びの日本人気質を揶揄してやまないのだ。日本人気質どころか、これではまるで女子中学生のレベルではないか。

「分かってないわねえ」

溜息まじりに律子が説明してくれた。

このような取り決めができる前、バレンタインになると手作りのチョコレートや高価な贈り物が殺到《さっとう》し、仁を悩ませていたらしい。

「あの子ってば律儀じゃない？　ホワイトデーがすっごい負担になってたのよ」

着流しから覗く筋張った首筋を、手にした扇子《せんす》で叩きながら律子が言った。

では、一律禁止で何もしないのかと思ったが、一口二百円から「志《こころざし》」を募り、集めたお金でまとまったものを贈るらしい。

もっとも、お客様から送られてくるものに関してはさすがに口出しできないので、あまりに高価なものは送り返すことを原則とし、仁に代わってお返しを用意するなどの作業も請け負うこととなる。善意のボランティア組織でもあるのだ。

協定委員会発足後、初のバレンタインとなった昨年は結構な金額が集まり、仁の希望でチョコのかわりに高級からすみが贈られた。だが、彼はそれを料理に使い、皆に還元したのみならず、ホワイトデーには個別にお返しがなされたそうだ。

「え、それじゃあんまり意味ないんじゃゃ」

思わず言う澄香に、オネエたちは一斉にぎゃあぎゃあと声をあげた。

「分かってるわよ。失敗だったのォ。だから今年こそはね、あっと驚く斬新《ざんしん》な発想で、きっと成功させてみせるんだから」

お返しか……。澄香は密かに考えている。実は先日、出張先に向かう途中で仁に「山田、何か欲しいものあるか？」と訊かれた。

「え、欲しいものって」

アナタの愛とかそういうことでしょうかとベタなことを思ったが、そうではない。

「もうすぐ誕生日だろ」

「えっ、覚えてくれてたんですか？」

正直なところ、びっくりした。カレンダーに「山田誕生日」などと書き記していたわけではない。お屠蘇の順番を巡るやりとりで、澄香が言ったのを覚えていたようだ。

あの後の騒ぎと、それに続く現在の状況を考えればそれどころではないだろうに、彼らが言う通り、仁は律儀な男なのだ。

「うわぁ、なんかすいません」

「何で謝るんだ？」

仁は不思議そうな顔をした。

「そんなお返しとか考えていただくようなものではまったくなくてですね。本当に気持ちだけだったので」

仁はあれ以来、澄香のプレゼントしたボールペンを愛用してくれており、その姿を見るたび、澄香はじーんとしていた。

それきり仁は何も言わない。その話はそれで終わったと思っていたのだが、帰り道、車を運転しながら、後ろ姿の仁がつぶやいた。

「何が欲しいか、言ってくれた方が助かる」

その言い方が、ちょっと怒っているようにも聞こえたので、思わず澄香は首をすくめる。

「う。そうですか」

「俺、女性が何を好むのかとか、全然分からないし」

一瞬ののち、ようやく脳が言葉の意味を理解したようで、澄香は顔から火が出そうな気持ちになった。

　普段の彼のクールな印象とのギャップが大きく、澄香は激しく動揺した。

「じゃ、じゃあですね、ビール券とか」

　慌てた澄香の答えに、仁が噴き出す。

「おっさんか、お前は」

　ツッコミの内容はともかく、その低音ボイスに悩殺され、萌《も》え死にしそうだ。

「考えといてくれ」

　車を降りながら仁が言った。

「ビール券でもいいけど、なんかもっと記念に残るようなもの」

　記念に残る？　澄香の脳裏に、生まれる前に日本で行われたという大阪万博のペナントが浮かんだ。父の秘蔵の品なのである。そのペナントには、EXPO'70の文字のほか、桜、太陽の塔《とう》、近未来的なデザインのパビリオン群がまとめて描かれていた。

　たしかに、あれは記念の品だ。過ぎた時間を懐かしむためのものだろう。

　じゃあ、仁さん。あのペナントみたいに、あなたと過ごした日々を懐かしむためのよすがとなるべき品を、私は選べばいいのでしょうか？

　ぐるぐるとそんな考えが、演歌のように浮かんでは消えていく。

さて、チョコレート会議である。オネエ三名、桜子に常連の鈴木さん、恒田《かきた》さんらが「骨董・おりおり堂」のカフェに集まっている。

開始早々、贈り物の内容は決定した。アミーガの発案だ。発想が斬新すぎて他の追随《ついずい》を許さなかったというか、あまりの強烈さに誰も異論を言い出せなかったのだ。

「モノではなく体験」をコンセプトに考えられたその案は、ずばり〝チョコレート風呂〟だった。

バスタブにチョコレートを満たし、仁に入浴してもらい、日頃の疲れを癒やしてもらおうという趣向である。

日時は十三日午後の予定だ。バレンタイン当日は土曜日で、既に予約が入っているので前日。夜はアミーガや律子がお店に出なければならないことに加え、「夜だなんて、歯止めがきかなくなりそう」だからだそうだ。

実は、この日時設定は澄香にとって少々微妙だった。二月十三日は澄香の誕生日なのだ。

「十三日、夜は空いてるか？」

仁に訊かれ、一瞬卒倒するかと思ったが、別にデートに誘われたわけではなかった。ビール券からお食事券への変更を澄香が希望したためだ。

お食事券といっても、どこかで食事をするためのチケットではない。要は仁に料理を作ってもらうのだ。小遣いのない子供が母の日に作る肩叩き券のようなものである。仁にとってては労働奉仕にほかならず、ちょっと申し訳ない気もしたが、澄香にとって仁に料理を作ってもらう以上の喜びはない。しかも、三枚綴《つづ》りという豪華さだ。

「本当にそんなんでいいのか」と仁に何度か訊かれたが、何をおっしゃる、考えるだけでよだれの出そうな最上の贅沢ではないか。そして、最高の記念だ。何なら料理を刺繍《ししゅう》したペナントを作ってもいいくらいだ。

うっかりよだれを垂らしそうになって、律子の扇子でぱしっと頭を叩かれ、我に返る。

チョコレート風呂の話だ。場所はアミーガ宅が提供されるという。チョコレートなんか入れたら風呂が壊れるのでは？　と思ったが、アミーガはそのためのバスタブを購入するつもりらしい。

「いいのよ。後々、お店のイベントで使うから経費で落ちるし」と不敵な笑みを浮かべアミーガは言うのだが、果たしてどのような用途で使用するつもりなのか。訊ねる勇気を澄香は持たない。

「けど、仁さん喜びますかね」

「何言ってんのよ、アンタ。喜ぶに決まってるじゃなぁい」

大張り切りのアミーガがパワーポイントで作って来た企画書の図によれば、チョコレート風呂に入る仁の周囲にはシュロの木が生え、そばに何者かが控えている。人員配置案によれば、背中流し係一名ということだから、その係か。更には湯せん係複数名となっていて、シュロの葉陰で何人かが鍋を抱えて並んでいる。湯せん係とは何かと思ったが、要するにチョコレートを湯せんする係のことらしい。いわく「仁ちゃんの柔肌《やわはだ》の上を滑《なめ》らかなチョコレートがとろーりと伝い落ちるのよっ」だそうで、そのためには丁寧な湯せん作業が欠かせないのだとアミーガは主張する。

「でもこれ、公開入浴ってことですよね？　要は覗きっていうか」

「キャッ。山田ってば、何てよこしまなの。違うわよ、あくまでも背中を流すの。お世話係なのよォ」

口もとを大きな手で覆って言うと、アミーガは隣のテーブルの桜子たちをちらりと見やる。あちらのテーブルには桜子たち、こちらはオネエ連と澄香。あちらの人たちは「志」を出すだけ。何故か澄香は実行委員に含まれているようだった。

出資者には、あとでチョコレート風呂に入る仁のサービスショットが配られる手はずだそうで、それをもって、お返しとする。仁自身はその配慮をしなくていいという一石二鳥の計画なのだそうだ（byアミ子）。

「まあ、それはいいわね」と桜子が笑いながら言う。

「ええっ。本当にいいんですか、オーナー」いや、そりゃ私も見たい、チョコもしたたるいい男。あの胸板に、あの背中に、あの首筋にチョコがたらーり。アンニュイに髪を掻き上げ、チョコまみれ。うおぉう、見たい。が、肝心の仁さんの意向はどうなのか。おまけに写真って、いいのか？

澄香は煩悶《はんもん》中だが、実のところ、向こうのテーブルの関心は既にこの問題からは離れていた。別の話題で盛り上がっているのだ。

「じゃあ、それでいいわね」

律子の一声でアミーガの企画書通りに可決し、話を畳んで、そちらの話に耳を傾けてみる。

話の中心にいるのは、意外な人物だった。

「ちょいと山田。あの子誰なのさ？」

マルルリアンに小声で訊かれ、澄香はうーんとうなる。澄香は彼女の名前さえ知らないのだ。

「はぁい、お話し中ごめんなさいねっ。まずはお嬢さんの自己紹介からお願いよ」

割り込んだアミーガに応え、彼女は、あっあっ、すみませんと小さく頭を下げた。

「新庄《しんじょう》まあさです。初めまして、なのに、当たり前みたいに皆さんのお話にまざってしまってますよね。ごめんなさい」

恐縮した様子でうなだれてみせる。さらさらとこぼれ落ちる黒髪から白い首筋がのぞく。地味なカーディガンに垢抜《あかぬ》けないブラウス、デニムのフレアスカート。あの夜、澄香が出会ったミカの友達だ。

例によって京都へ〝出張中〟の仁は午後に戻ると言っておいたのだが、仕事のシフトが変更になったからと、彼女は二時間も早くやって来た。

「私、約束の時間より早く来ちゃって、どうしようかと思ったんですけど。でも、皆さんのお話聞けて良かったぁ。すごく楽しいですよね、このお店」

そういって微笑む彼女に何やら毒気を抜かれたようで、オネエたちが顔を見合わせる。こう見えて、まあさは苦労人らしかった。この若さで（十代かと思ったが、二十三歳だそうだ）二人の子持ち。夫のＤＶが原因で離婚し、現在は三歳、二歳の子供と母子寮で暮らしている。つまり、ミカと同じシングルマザーだ。

まあさは一日も早い自立に向け、複数のパートを掛け持ちしているそうで、今日もこのあと、ファミレスで仕事があるとのことだ。

「ひゃあ、苦労してるんだねえ。偉いわあ。また全然、そんな風に見えないのがすごいよ」

カフェの常連、恒田さんが言った。

「ううん、そんな。苦労だなんて思わないですよ。子供のためだと思ったら、いくらでもがんばれますから」

そう言って、健気《けなげ》に笑うのだ。女性の目から見ても、つい守ってあげたくなるような頼りなげな風情もあいまって、常連さんたちは既にほろりとなっている。やれ男が悪い、政治が悪い、誰か再婚相手に適当な男はいないかなどと言い出した。

「ここのお兄ちゃんはどうだろ？」

鈴木さんの突然の発言に室内の空気が凍り付く。ここのお兄ちゃんとは、言わずと知れた仁のことである。

「スズキサン。アタシ、アンタに恨みはないんだけど、今、軽く殺意を覚えたわ」

考えたことが言葉になって出てしまったかと思ったが、澄香ではない。アミーガがギリギリと首を回し、殺人ビームをちかちかと点滅させながら言ったのだ。

「ええっ、いけなかったかい？　だって、ここのお兄ちゃんなら真面目だし誠実だからいいかなあと思ったんだけどさ」

「あのね、奥様。そーゆーの、善意ゆえの無神経っていうのよ。見てごらんなさいな。ここには仁君に恋する乙女が沢山いるの。この山田だってそうだし、アタシだって、仁君さえイイって言うなら、いつだって嫁《とつ》ぐ覚悟があるわ。みんなが順番待ってるのよ。軽々しいこと言わないでちょうだい」

今日はおっさん仕様のマルルリアンに諭され、鈴木さんが小さくなっている。

まあさは鈴木さんに向かって、申し訳なさそうに言った。

「ありがとうございますぅ。でも私、もうしばらくは結婚はいいかなあって思うんですよね。ほら、母親と女って両立しないじゃないですか。だから今は子供たちのためだけに頑張ろうって」

　まあさの言葉に、恒田さんが膝を打つ。

「偉いっ。母親の鏡だね。そこらのいい加減な母親に爪の垢でも飲ませてやりたいよ」

　うーん、しかし、どうも引っかかるなと澄香は考えていた。まあさが何か言うたびに、自分の中でのミカに対する心証が悪くなっていくような気がするのだ。

「でも、子供たちの将来や生活のこと考えたら、ちゃんとした人と結婚した方がいいのかなぁって思うこともあるんですよ。たとえば、女じゃなくて母であることを優先させてくれるような人とかですかね？」

「老い先短い爺《じい》さんの後妻とかかい？」

　まあさの言葉に、恒田さんがストローでアイスコーヒーをずずずと啜りながら訊く。

「ううん、それはちょっと違うかなぁ」とまあさは小首を傾げた。

「やっぱりシンパパとかですかね。立場が似てる分、分かり合えることも多いと思うし」

　シングルのパパ。小山のことを言っているのだろうか。澄香が口を開く前にまあさが言った。

「でも、私。だからこそ、ミカちゃんのこと、心配なんですよね」

　澄香に向かってうなずく。やはり小山のことらしかった。

「もし理想の旦那さまが現れても、私はあんなに簡単に結婚には踏み切れないカナ。いくらその人が子供たちに優しくても、やっぱり、女の顔を子供たちに見せちゃうわけでしょう。うーん。それって、私にはできない」

「あの女、とんだ食わせ物かもしれない。気をつけなさいよ」

帰り際にアミーガが、澄香に囁《ささや》いた。

仁が戻ったのを潮《しお》に、協定委員会の面々は引き上げていったのだ。まあさの話の内容に興味津々《しんしん》で、非常に残念そうな面持《おもも》ちではあったものの、仁に「友人のプライベートの話なので」と言われ、遠慮せざるを得なかったようだ。

「私、ミカちゃんの幸せを応援したいんですぅ。だから、この話したんですよ。だって、このままじゃ絶対に、いつか後悔する日が来ると思うから」

黙って話を聞いていた仁に向かってそう言うと、まあさはしくしく泣き出した。きちんとアイロンのかかった白いハンカチを目頭《めがしら》にあてている。アミーガに耳打ちされたせいばかりではあるまいが、そのハンカチの白さに澄香は妙にわざとらしいものを感じてしまった。

もちろん、まあさの言うことをすべて鵜呑《うの》みにするわけにはいかない。そんなことは仁だって百も承知だろう。

だが、彼女は周到《しゅうとう》だった。ミカの悪行を裏付けるだけの証拠を、非常に自然な形で、要所要所に、すっと出して来るのだ。

たとえば、ミカを含む友人グループのラインの記録であったり、メールであったり、ミカが現在の彼氏と撮った写真の位置情報や日時まで。実に遠慮がちに、躊躇《ちゅうちょ》するそぶりを見せながらも、ぬかりなく提示する。

ミカとまあさは高校時代の同級生だそうで、二人はその友人グループと地域のシンママのグループ両方に属しており、まあさは「親友」ミカの行動のすべてを把握していると言ってもよさそうだった。

このミカという女がまた、脇が甘いというのか、のんきというのか、実にあっけらかんと友人たちに本音をさらしているのだ。とにかく彼女にとっては、「きちんとした勤め人」でありながら世事に疎《うと》く、人を疑わない小山のような男が理想の夫だということ。そして夫はＡＴＭに過ぎず、恋人は別に持つべきものと考えているらしいことはわかった。

そして、まあさが語るに、ミカにとっては理想的な結婚相手だったはずの小山だが、誤算があったらしい。

小山が前の妻と離別ではなく、死別していたこと。『ビンゴのシンパパみっけ！　モサいけどチョー優良ぶっけん⁉』と珍妙なキャラクター付きで報告したラインの次に、まあさが見せてくれた会話は、これに関することだった。

死別だったことが判明し、『まだ未練が残ってそう、ヤバイかも』と言うミカに、親切そうな言葉で心配するまあさ。『死人に口なし、大丈夫だよ』『そうそう。生きてるモン勝ち』『ミカちんの魅力でモサお、骨抜きにしちゃえ☆』と背中を押す（？？）友人たち。『そうだよねー。まっ大丈夫っしょ』とポジティブだったミカの態度が、時間の経過とともに徐々に変化していく。

『マジうぜえ、あっちのガキ。特に上の子。ちょーむかつく。シカトしてやったぜ☆』『なんか下の子？　ママのごはんの方がおいしいとか言いやがりましたけど？　コノヤロ、お姉さんシメちゃうゾ』

『ちょっと聞いてー。なんかさ、死人（小山の前妻・瑞絵のことらしい）をしのんで料理作りにくる男がいるらしいんだけど、ナニそれ、どこのホモ』

ホモというのは差別用語であるとアミーガ様より叩き込まれているせいか、より一層、腹立たしく思える。

さらにこの辺りから、どんどん読むに堪《た》えない内容になってきた。『はあ、何それ。亡霊かいっ！　さっさと成仏《じょうぶつ》させてやりなよ』などと言う友人たちに煽《あお》られる形で、小山の家にあった前妻の持ちものをどんどん捨てていったようだ。

そして、最終的に引っ越すことになったわけだが、どうやらミカが一番捨てたかったものは、くるみらしかった。

「ミカちゃん、男の子の方はまあ可愛いかなって言うんですよね。でも、上のお姉ちゃんは生理的に無理だって」

　クリスマスの頃には、もうくるみの顔を見るのも嫌になっていたそうだ。保育園がクリスマス会に連れて来いというので、じゃあとばかりに子供たちを教会に預けたまま、遊びに行ったらしい。

「遊びにって、あの日はご実家で病人が出たんですよね」

「ううん。それ、ウソなんですよ」

　悲しげに首をふり、まあさが見せてくれたのは、彼氏といちゃつくミカのツーショット写真（日時つき）だった。

「あのぅ。すごくイヤな女だと思ってますよね、私のこと。こんなとこまで、まるで悪口言いに来てるみたい」

　仁の顔を上目遣《うわめづか》いで窺いながら言う。

「いえ、そんなことは……」

　低い声で答える仁に、まあさは激しく泣き出した。

「私だって、私だって、友達のことこんな風に言いたくない。でも……このままじゃ、上のお姉ちゃんがかわいそうすぎるし、ミカちゃんのためにもならないと思うんです。一人だけ、遠くの親戚に預けるなんて」

　澄香は思わず仁と顔を見合わせる。

「どういうことですか？」

仁の問いに、まあさは再びハンカチを顔に当てた。鼻水をそっと拭うような可愛らしい仕草だが、同時に拭いたハンカチの面を素早くチェックする、はしこい視線が印象的にも思える。

「私、この前、ミカちゃんから聞いたんです。ご主人がもしかすると、上のお姉ちゃんを預けるかもって言ってるらしくて。ミカちゃん、それなら同居してやってもいいかなって……」


水曜日は祝日だ。朝一番、仁と一緒に小山宅に向かった。

時刻は九時過ぎだ。呼《よ》び鈴《りん》を鳴らすと、ややあって、古ぼけた磨《す》りガラスの引き戸の向こうで、もそもそと動くものがある。髪はぼさぼさ、腫れぼったい眠そうな目に伸びかけたヒゲ。グレーのスウェット上下を着た小山が現れた。

彼は仁と澄香を見ると、「あ……」と言って、軽く頭を下げた。

「小山さん。くるみちゃんはどうした？　親戚に預けるって、本当なのか？」

いきなり仁に詰め寄られ、小山は玄関をふさぐような格好で立ちはだかったまま、気まずそうに横を向いてしまった。

「橘さんには関係ないことです」

この上もなく迷惑そうな声だ。

「関係ある」

仁はそう言うと、呆然とする小山を押しのけるようにして靴を脱ぎ、玄関のたたきから家に上がってしまった。玄関には靴が沢山並び、足の踏み場がない。女物のボアのブーツ、子供の靴。そういえば、門柱を入ったところにはベビーカーが置かれていた。

これってもしかして、ミカが帰って来てるってことだろうか？　澄香は考えながらパンプスを脱ぎ、揃える余裕もないままに仁に続こうとした。

「待てよ、勝手に上がらないでくれ。俺の家だ」

上着をつかみ、止めようとする小山を仁は思い切り振りほどく。クマのような小山がよろけ、大きな音を立てて壁にぶつかった。

こんな仁を見るのは初めてだった。今にも小山に殴りかからんばかりの剣幕で、小山も完全に気圧《けお》された様子だ。

ずかずかと廊下を歩き、開いたままになった居間の襖に手をかけ、覗きこんだ仁が驚いたように立ち止まる。

後ろから慌てて追いかけた澄香が見たものは、座卓に並べた朝食を前に怯《おび》えた顔で動きをとめているミカと子供たち、そして大河だった。

ロールパンとウインナー、ジュースを入れたキャラクターもののプラスティック製コップ、こちら側にはコーヒーの入った夫婦お揃いらしいハート印のマグカップ。一見すると、とても幸せな朝の食卓のようでほほえましい。
しかし、くるみがいないのだ。

「何なんですか、あなたたち」

ミカがうわずった声で言う。彼女は隣にいた女の子と、膝に乗せた幼児、つまり自分の子供たちを腕の中に庇《かば》うようにした。

「ジーンッ」

大河が抜けた前歯の隙間の目立つ口を全開にして喜びを表しながら、仁に飛びついて来る。

「おっ大河。おはよう」

大河を見下ろす彼の表情が少し和《やわ》らいだものになる。

「大河、くるみお姉ちゃんはどうしたんだ？」

「お姉ちゃん、バイバイした。鳥取《とっとり》のおばあちゃんとこ行った」

澄香の後ろから小山が言った。

「くるみはしばらく瑞絵の実家に預かってもらうことになったんですよ」

「行かせたのか？　いつ？」

大河を腕にぶら下げたまま、仁が信じられないといった顔で小山を振り返る。

「昨夜ね。今日は祝日で車が混むだろうからって、夜中に出たんで」

そのくるみを見送るために、昨夜からミカたちもこの家に戻って来ており、支度《したく》ができ次第、小山と大河も新居の方へ移ることになっているらしい。

「明日、向こうで転校手続きをしてもらって……」

淡々と段取りを述べる小山を仁が遮《さえぎ》る。

「あんた正気なのか⁉ 何やってんだよ、小山さん」

大河を澄香の方に押しやり、小山のスウェットの襟《えり》を摑んだ仁は、乱暴に彼を揺さぶった。ミカがギャーッと悲鳴をあげる。ギョッとするほどヒステリックな声だ。つられる形で、大河と二人の子供たちまでもが泣き出してしまった。

「妻は身重《みおも》なんだ。怯えさせるな」

いつもオドオドした小山の意外なまでに厳しいまなざしに、仁は動きを止める。

「橘さん。あなたには感謝してる。でも、もういいだろ？ もう解放してくれよ。もううんざりなんだよ、瑞絵の影があっちゃ、俺たち家族は幸せになれないんだ」

「おい。あんた、自分が何言ってるか分かってんのか？」

信じられないといったように、仁がつぶやく。

いつも冷静で、ほとんど表情を変えない彼が、今、澄香の目の前で呆然と立ち尽くしていた。

「分かってるよ。だけど、じゃあ俺たちは一体いつまで死んだ女のことを思い続けりゃいいんだ？　何年先だ？　何十年経てば解放される？　けどな、見てくれよ、橘さん」

そう言って、顔をまっ赤にして泣いている大河の坊主頭に手を置く。

「子供の成長は待ったなしだ。今だよ、今、子供たちには母親が必要なんだ」

「くるみちゃんを排除してもか？」

小山が唇を嚙む。

「ずっとじゃないんだ。今だけだ。今だけだから。新学期からか、夏休みかは分からないけど、必ずくるみも連れ戻すつもりだ。その頃には妻も精神的に落ち着いてるだろうし、くるみも反省するだろうから、きっとうまくいくはず……」

「ちょっと待って下さい」

澄香は思わず言った。

「くるみちゃんが何を反省しなければならないんですか？」

ミカがわああと泣き崩れる。

「ごめんなさい。私が、私が誤解されるようなことをしたから」

小山はミカのそばへ行くと背中をさすり、大丈夫だよ、あっちで話をしてくるから子供たちとごはん食べておいでと言って、なだめている。

隣の和室には子供たちの着替えを入れた衣装ケースが積んであった。そのいくつかが空になっている。くるみのものが入っていたのだろう。

四畳半程度の小さな部屋だ。大きな男が二人あぐらをかいて座ると、それだけで狭い。澄香は仁に寄り添うように、小さくなっていた。カーペットが敷いてあるので寒くはないが、その上には食べこぼしやかぎ裂きが目立つ。

小山は、大きな背中を丸めて、ふうと溜息をついた。

「妻が言ったのはクリスマスの話です。あなたたちも誰かから聞いたんでしょう? 妻はあの日、実はクラブに遊びに行っていたとか。それで喧嘩にもなりましたけど、もうそのことは納得したので」

まさか小山自身がミカの悪行を知っているとは思わなかった。驚く澄香に、小山はミカがすべて懺悔《ざんげ》したのだと言う。小山いわく、ミカとくるみの相性が良くないことは事実で、妊娠初期のミカの精神が不安定なこともあり、最初から嚙み合わないことが多かったそうだ。

「それでも、妻はいい母親になろうと努力してくれてたんです。けど、あの朝、くるみがミーナを叩いたらしくって」

ミーナというのはミカの上の子だ。くるみより二つ下で、顔立ちは可愛らしいのだが、大河に何かを命令する姿やくるみを盗み見る視線など、澄香が見た限り、少々キツそうな印象があった。

「それで、妻は精神的にバランスを崩して、発作的にあんなことをしてしまったらしい」

小山の子供たちを放置し、自分の子供は母親に預け、自分はクラブで男と遊ぶのを発作的と呼ぶのだろうかと思いつつ、澄香は訊いた。

「あの、くるみちゃんは本当にそんなことをしたんですか？」

「ええ、それは本人も認めたんで」

「理由は？」

小山は首をふった。

「分からないです。あいつ、誰に似たのか強情で、絶対に話そうとしないから」

瑞絵の死後、彼女の実家とはあまり交流がなかったものの、若くして亡くなった娘の忘れ形見である子供たちを引き取りたいという話は前々からあったそうだ。

「小山さん、それはしたくないって言ってましたよね」仁が言った。

小山は仕事が忙しいうえに家事が得意なわけでもない。

「それでも、子供たちを自分の手で育てたいって、おっしゃったんじゃないんですか」

仁の言葉に小山は無言でうつむいている。

しばらくして、ぽつんと彼は口を開いた。

「だけど、橘さん。俺、もういいです。もう疲れました」

「あんた、それでも親か」

仁の言葉に、小山は笑った。意外だ。そして、彼はこう呟いたのだ。

「親でもない人間に分かるのか」と。

帰り道、車を運転しながら仁は無言だった。

澄香は後部席でやはり無言だ。

あのあと、小山は親指の爪を噛みながら話をまとめるように言ったのだ。

「橘さん、あなたがくるみたちのことを心配してくれてるのはよく分かってるし、感謝もしてます。もし、ミカが妊娠してなければ、別の選択肢もあったのかもしれない。でも、こうなった以上、何とか家族になっていく努力をしないとしょうがない」

澄香はその時、これを言おうかどうかとても悩んだのだ。仁の前で口にしたら、なんてゲスな女だと呆れられるかもしれない。恋愛においては絶対タブーのセリフだ。いくらゾンビでも小学生レベルでも分かる。だが、それでも言わずにはおられなかった。

「あの、小山さん。今からすごく失礼なことを申し上げます。私のことは軽蔑《けいべつ》して下さって構いません」

唐突な澄香の言葉に、小山がびっくりしたようにこちらを見る。

「もし、万が一、ミカさんのお腹の子があなたの子じゃなかったらどうされますか?」

小山の穏やかな顔に強い嫌悪の色が立ち上がる。

「帰ってくれっ。妻を侮辱《ぶじょく》するな」

そして、仁ともども言葉通り追い出されるようにして帰って来たのだ。

無言でいる仁に対して、自己弁護をするつもりは澄香にはなかった。


午後、藤村がやって来た。

「まあ、こぼれ梅？　懐かしいですわね」

彼が差し出した包みを開けた桜子が驚いた顔をしている。

関西出張から戻った彼のお土産《みやげ》だ。

見れば、黄味を帯びた白いパラパラしたものが袋に入っている。桜子が黒塗りの片口《かたくち》を出して来て、中身を移す。なるほど、梅の花びらがこぼれたようにも見える。

もっとも、これは花ではない。食べ物だそうだ。発酵中のパンのような匂いがした。

言われるままに一粒、摘《つま》んでみる。口中に、ふわりと酒の香りが拡がった。酒粕《さけかす》に似ているが、もっとあっさりした味で、ほのかに甘い。酒粕のようにしっとりした感触ではなく、どことなくぱさぱさした印象だ。

「何ですか、これ？」

「味醂《みりん》の搾《しぼ》り粕だよ。関西ではこれをこぼれ梅と呼ぶんだ」

藤村に教わり、へえと頷きながら勧められるままに摘む。不思議と後を引く。食べている内に何やらクセになる味である。これは何かに似ている。澄香は考えに考えて、ようやく思い当たった。

ざらりとした舌触りといい、味わいといい、洋酒のたっぷり入ったチョコレートケーキに似ているのだ。まだ甘い物が豊富でない時代には魅力的なおやつだったのだろう。関西では昔から縁日などで売られているのだそうだ。水を加えて煮て甘酒にしても良く、最近では料理に使うこともあるらしい。

「へえ、そうなんだ。おいしいですね」

「気に入っていただけて何よりです。何なら南京豆《なんきんまめ》の枕も用意しましょうか？」

「は？」

藤村の言葉に首を傾げる。

――そして、今、澄香は自分が見ているものを信じられなかった。

藤村が落語を演じているのだ。

しかも、舞台はどうやら大阪、登場人物のほとんど（一羽だけ江戸っ子の雀《すずめ》が登場する）が関西弁を操る上方《かみがた》落語だった。

澄香の淹れたコーヒーを飲んでいた彼は、不意にカップを置くと、まじめくさった顔で突然、関西弁を喋り始めたのだ。

「ところで、アンタ。この頃、どこにいとるんや」と来た。

ちょうど店に来ていて「あら何、ヤダァ。ちょいとイイ男じゃないの。誰なの？」などと頬《ほお》を押さえて大騒ぎしていたカイカマヒネ律子も、あんぐり口を開けて彼を見ている。彼の出身を知らないが、もしかしてネイティブなのかと思わせる滑らかな関西弁、澱《よど》みのない話芸。そして、信じられないことに顔芸まで！　とんでもなく寒い、おじさんの宴会芸ではないかとの危惧《きぐ》をよそに、藤村の落語はとても面白かった。

いつも上品な桜子までもが、声を立てて笑っている。

要は定職に就かぬいい加減な男が楽して鳥を捕まえ、儲《もう》けようと画策《かくさく》する話なのだが、その冒頭に、こぼれ梅が登場するのだ。

庭にこぼれ梅を撒いて雀に食べさせ、酔っ払ったところで殻付きの南京豆《ピーナッツ》を投げてやると、雀たちは「おや、こんなところに丁度いい枕がおましたで」と寝込んでしまう。そこをちりとりとほうきで掃《は》き集めて、一網打尽《いちもうだじん》にするという策である。

もちろん、この奇策は成功しないのだが、一向に懲《こ》りず鶯《うぐいす》を捕まえようとしたり、鷺《さぎ》を捕まえようとしたりする。

この話の下《さ》げ、つまりオチにあたる部分は少々ブラックだ。

鷺に逆襲され、五重塔のてっぺんに置き去りにされた男を助けようと、下で布団の四隅を持って待っていた坊さんたちが、その男が飛び下りてきたはずみで互いの頭をぶつけて死んでしまうのだ。

「いやあぁぁ、なんて悲劇なのっ」

つけまつげが取れるまで笑い転げていた律子の叫びに、藤村は眉を上げ、キザな表情で頷いた。

「まったく報《むく》われないよね。親切にした者が損をするんだから」

「ま、でも、考えてみりゃ人生、そんなものかもしれないわね。助けられた方の人間はどこまでも厚かましくて、しれぇっとしててさ、善意の側の人間が傷つくの。ありがちだわあ」

「なかなか深いですね」

藤村の微笑に、律子が、んまあっと顔を赤らめる。

澄香は深くうなずいた。

小山やミカが五重塔の上で日干しになろうとどうでもいいが、くるみのことを考えると放ってはおけなかったのだ。だが結局、小山を説得することも、くるみを連れ戻すこともできずにいる。

藤村は冷えたコーヒーを飲み干すと、立ち上がった。

「あ、ごめんなさい。気が付かなくて、コーヒー淹れなおしましょうか?」

「いや。今日はもう行くよ。珍しいものが手に入ったから届けに来ただけさ」

店の外まで見送りに出た澄香に、彼が言う。

「また連絡するよ。君に話をしたいことがあったんだが、時間がなくなった」

いやいや、お客様。それならば落語を演じている暇にお話し下さいませ、と思う澄香の頭上で彼がつぶやく。

「元気出たかい？　もうすぐバレンタインだしね。君の答えを楽しみにしてるよ」

「えっ」

呆然としている澄香を残し、颯爽《さっそう》と藤村は去っていった。

そうだ。今度こそ指輪を返さなければ……。

それにしても、変わった人だなと澄香はさっきの落語を思い出して、骨董の並ぶ平台《ひらだい》の間を通り抜けながら思わず笑ってしまった。よもや、彼にあんな特技があるとは思わなかった。澄香が何やら落ち込んでいるのを見かねて、落語を始めたというわけらしい。人は見かけによらないというか、思っている以上に奥の深い人物なのかもしれなかった。

そして、バレンタインの前日、かつ澄香の誕生日当日を迎えることとなった。

十三日の金曜日だ。別にキリスト教徒ではないので、澄香はさほど不吉だとも思っていなかったのだが、事態は不吉の域を超えていた。

結論を先に言うと、チョコレート風呂も澄香のお食事券も共に履行《りこう》できなかったのだ。

話は前日に戻る。藤村が帰ってしばらくすると、急に表通りが騒がしくなった。パトカーや救急車がサイレンを鳴らして走り回っている。

「何かあったのかしら」などと言い合っている内に静かになったので、そのまま忘れていた。

その数時間後、真っ青な顔をした松田左門が駆け込んで来た。

藤村が暴漢に襲われ重傷だという。

思わず桜子と顔を見合わせる。

「すまねえ、スミちゃん。あんたにこんなこと頼む義理じゃねえことは百も承知だが、おいらと一緒に来てやってくんねえか。あいつ、いまわの際《きわ》にスミちゃんに一目会いたいって呟いてたらしくってよ」

「いまわの際って、左門さん。そんなに危ない状態なの？」

桜子が見たこともないようなキリリとした表情で言う。

「ああ、正直よく分からねえ。今、緊急手術中らしいが、出血がひどくて、ひょっとするとひょっとするかもしれねえそうだ」

「澄香さん、行っておあげなさい」

桜子に言われ、澄香は思わず時計を見た。

「……でも、これから出張が」

「仁さん一人でも何とかなりますよ。藤村さんに万が一のことがあったら、あなたどうするの。返さなきゃならないものがあるんでしょう」

いつも通りの優しい声だが、有無を言わさぬ厳しさを含んでいる。

澄香は仁を見る。

「ああ、俺は一人で大丈夫だ。行ってこい」

病院に着くと、藤村はまだ手術中だった。出血と共に、内臓の損傷がひどく、予断を許さぬ状態らしかった。

藤村は不動産関係のデベロッパーだ。妻を事故で失ってからというもの、なりふり構わず仕事に没頭し、次々に大きなプロジェクトを成功させているらしい。そのやり方はかなり強引なもので、恨みを買うことも多く、いつ刺されてもおかしくないと言われているのを澄香も耳にしたことがあった。

結局、手術が終わったのは深夜で、そのまま彼は集中治療室に運ばれた。

澄香は毎日、家には帰るものの、いつ何時《なんどき》何が起こってもおかしくないため、ほとんどの時間を病院に詰めている。

藤村の意識が戻らないのだ。左門や彼の友人、さらには秘書たちが手を尽くしているのだが、藤村の係累《けいるい》が見つからないらしく、何故か澄香が親族代わりのような扱いを受けていた。事件の捜査をしている警察も入れ替わり立ち替わりやって来ては、澄香に事情を訊ねる。

一体、自分は何なのか。どういう立場でここに詰めているのだろうかと思う。

別に、何の関係もないんだし。帰ったっていいんじゃないのか——。そう思いながら、あと一時間、もう一日と、ずるずる留まってしまう。一目会いたいと言う藤村を残し、自分が日常生活に戻ることには抵抗があった。

結局、澄香は十三日を終日、病院で過ごした。チョコ風呂はこの件で自粛されることになったらしい。お食事券にしても、日にちを変えればいいだけだ。

正直に言ってしまうと、澄香はどこかで仁がやって来るのを期待していた。律儀な彼のことだ。誕生日の夜、澄香が病院に詰めていたら、差しいれを持って来てくれるのではないかと期待半分、願望半分に思っていたのだ。

だが、結局、彼は一度も顔を見せなかった。

もしかして、藤村と澄香の関係を誤解してるんじゃ、などとも考えたが、そうではなかった。

澄香の知らないところで、もう一つ、大変な事件が起こっていたのだ。

「新しい予約はもう入れるな」

仁はそう言い残して、京都へ行ってしまった。

いよいよ、楽しかった日々が終わる。しかも、こんな悪夢のような形で——。

如月《きさらぎ》、雨の午後。

「おりおり堂」の庭に、白梅《しらうめ》の木が植わっている。澄香は満開になった梅の花に近づいた。

梅は桜と違い、遠くで見るより、近く寄って一輪、一輪を見る方が華やかだ。

梅の香りが鼻先をかすめる。強く吸い込むと、思いがけず涙がこぼれ落ちた。うつむくと、地面に落ちた梅の花びらが目に入る。

もう戻らない花の盛りを惜しみ、澄香は庭に立ち尽くしていた。

弥生《やよい》
目覚めの時の春御膳

白地にほんのり紅をさしたような色合いの漆喰《しっくい》の壁、黒く塗られた柱。「骨董・おりおり堂」の奥にあるカフェ、歳時記の部屋だ。造りつけの棚に、ほんの少しだけ季節を先取りして飾られる美術品やうつわ。時にそれらの引き立て役、時に主役としてそこに活《い》けられる花や草木。

春、夏、秋、冬。うつろう季節を切り取り、様々な表情を見せてきたこの部屋に、今、飾られているのは一対《いっつい》の雛《ひな》人形だった。金屏風《きんびょうぶ》の前に、内裏雛《だいりびな》が立っている。江戸後期のものだそうで、人形の顔も装束《しょうぞく》も古ぼけて色あせてしまったように見える。だが、時の流れを感じさせるその様が、かえって風格を感じさせた。室内にはコーヒーの香りが漂っている。スピーカーから流れているのは桜子が選び、針を落としたジャズのピアノ曲だ。ピアノの音に混じるアナログ盤特有のノイズにはあたたかみがあり、聴いていると落ち着いた気分になる。

澄香はゆったりと椅子に腰掛け、アンティークガラスのコップに入れたソーダ水を飲んでいた。分厚いガラスのコップはごとりと重く、両手で包み込むようにして慎重に持ち上げる。気泡を含み、歪んだガラス面は古い照明器具の光を受けて、飴色に見えた。

ソーダ水の細かい泡は、次から次へと立ち上がっては昇り、はじけて消える。口に含めば、しゅわしゅわとした刺激が快かった。甘くはない。今の澄香は味のついたものを受けつけないのだ。

「ねえ、澄香さん。せっかくの桃の節句ですもの。ちらし寿司を作ろうかと思うのだけど」

桜子の言葉に、一瞬、糸のような錦糸卵や宝石のようなイクラをのせた、美しいちらし寿司の映像が浮かぶ。だが、その味を想像した瞬間、澄香は内臓の奥底からこみあげる吐き気に襲われた。胃がぐるりと回転したように、うっとなるのを慌てて押さえる。

「ご、ごめんなさい……今はちょっと」

澄香の答えに、たちまち桜子の表情が曇る。

「困ったわねえ。何なら召し上がれるのかしら?」

桜子を心配させて申し訳ないとは思うものの、まったく食事を受けつけないのだ。無理に口へ押し込んでも喉を通らず、どうにか飲みこんでみたとしても、戻してしまう。

澄香はこの一週間でずいぶん痩《や》せた。このままではまずいとは思うものの、そもそも食への興味がなくなってしまっている。唯一、食べられるものが、先月、藤村がもたらした「こぼれ梅」だった。それしか受け付けないので、桜子が追加で取り寄せてくれたのだ。

情けない。自分が情けない。少女の頃ならいざ知らず、いい年をした大人がこんなことで周囲に心配をかけるなんて、情けない――。そう思えば思うほど、余計に食事を取れなくなった。

「そうだ。とっておきのことを思いついたわ」楽しげに言って、桜子が紙を切り始める。

「何ですか？」

「流し雛よ。澄香さんも作りませんこと？」

流し雛というと、藁《わら》で編んだ丸い船に可愛らしい雛人形を乗せて流す光景が目に浮かぶが、流し雛の原形となっているのは祓いの行事だそうだ。形代《かたしろ》として作った人形《ひとがた》で身体を撫で、穢《けが》れを移して川や海へ流すのだという。

言われるままに小さな紙を人の形に切り抜く。このままではちょっと、陰陽師《おんみょうじ》が使う呪術の道具のようでおどろおどろしいが、薄い桃色の絵の具で彩色し、目鼻を描くと、愛らしい紙雛ができあがった。

「オーナー、これ本当に川に流すんですか？」

流し雛といっても、昨今は環境に配慮して、下流で待機した船が流れて来たものを根こそぎ網ですくって回収している。そんなニュースを見たことがあった。

澄香の問いに桜子は、おほほと笑った。

「近頃、あまりにも厭《いや》なことが多かったでしょう。ですから、気分だけでも、ね」

いたずらっぽい表情で彼女が言うに、環境に優しい水溶性の紙を使ってあるそうだ。

夕方、二人で川岸の遊歩道に出かけ、散策ついでに人形を流した。停泊中の屋形船に明かりが灯り、揺れている。ウッドデッキを歩き、柵越しに手を伸ばすと、てのひらに置いた人形はたちまち風に運ばれ、水面に落ちて流れていく。三月の川はエメラルドグリーンの色水にどんより濁《にご》った土を混ぜたような色だ。紙雛は、しばらく浮き沈みしていたものの、波に隠され見えなくなった。

「大丈夫、澄香さん。厭なことはみんなお雛様が連れて行ってくれましたわ」

暮れ残りの赤い夕日を浴びて、桜子の白い肌が輝いている。温かい笑顔だ。彼女が笑うと、災厄《さいやく》など消えてなくなりそうにも思える。


二月の中旬、出張先のお宅で食中毒が発生した。

暴漢に襲われた藤村の入院先に澄香が詰めていた間の出来事だ。

その日、仁の料理を食べた三名のお客様のうち、二人に同じ症状が出たという。うち一名がかなりの重症で三日ほど入院することになり、保健所が動く事態となったのだ。

澄香は見ていないが、その人は食事中に突然激しい頭痛とめまい、吐き気を訴え、意識を失い、救急車で運ばれたそうだ。当初は脳の疾患を疑われたのだが、同じものを食べたうちの一人も似た症状を訴えたことから、当日供された料理に疑いの目が向けられた。

もっとも、食中毒といっても、細菌やウィルスが検出されたわけではない。その場にはいなかったものの、後日、澄香も検査の対象となったが、やはり何も出なかった。アレルギー反応によるアナフィラキシーショックではないかとも考えられたが、この二人に特別なアレルギーはなかった。第一、仁は毎回、かなり神経を遣ってお客様のアレルギーの有無をチェックしている。通常では考えられないことなのだ。

とはいえ、原因がはっきりしないことには出張料亭を再開することができない。――それが仁の考えだった。とりあえず事情を話して、それ以降一週間分の予約をすべて断り、新たな予約は受け付けていない。「骨董・おりおり堂」のカフェも自主的に営業を停止することになった。

考えてみれば、原因が分からないというのがもっとも難しい。これがはっきりしない事には、潔白を訴えることも、再発防止策を講じることもできないのだ。

更に、この話は驚くほどの速度で広い範囲に拡散していた。元々、仁は本人の意思とは無関係に、イケメン料理人ということでメディアの話題になることも多く、その失点は格好の攻撃材料とされてしまったようだ。一旦、拡がり始めると、ここぞとばかりに誹謗《ひぼう》中傷する人が現れる。澄香の作った「出張料亭」のサイトには心ない書き込みが殺到し、骨董の店舗にも無言電話などが相次ぎ、結果、そちらまで休業に追い込まれてしまっていた。

だが当初、澄香はこのことをまったく知らされていなかった。時折、左門とは病院で顔を合わせていたのだが、彼も話してくれなかった。あとから思えば、何か言いたげなそぶりを見せることはあったのだが――。

口止めしていたのは仁だ。澄香には余計な心配をかけたくないという配慮からだったようだ。だが、これが逆に澄香にはこたえた。

入院していた藤村が意識を取り戻したのは暴行事件から五日後だった。担当医ももう大丈夫だと言うし、何よりも仁や桜子に会いたい。久しぶりに「おりおり堂」に出勤した澄香は、思いもかけない事態を目《ま》の当たりにし、激しく動揺した。

「こんなことになってるなら、何で早く言ってくれなかったんですか」思わず仁に食ってかかる。

「言ってどうなる」

カフェのテーブルに座っていた仁は顔を動かさず、目だけ上げて澄香を見た。仁はいつもの無表情を崩さなかったが、その実、彼がどれだけ参っているのか、この一年、誰よりも近くにいた澄香にはよく分かる。

「どうなるって……。私にだってできることあったはずですよ」

「お前は藤村さんについてるべきだったし、仮にお前がいたって結果は同じだ」

「そんな」

そんな言い方ないよ、仁さん。そう思った瞬間、思いが溢れ、今にもこぼれ落ちそうになる。澄香はありったけの理性を集めて、どうにか感情を抑え込んで言った。

「私は……私は仁さんの助手として、一年間、頑張って来たつもりです。こんな時こそ一緒に戦わなくてどうするの？」

どうして、私に頼ってくれないの？　そう思いながら、その言葉は口にできずにいる。彼は自分の恋人ではない。雇用主と従業員という立場で話をしているのだ。そんなことを口走れば、お前は何を思い上がってるんだと言われても仕方がない。

だが、その時、仁が口にしたのはもっと冷たい言葉だった。

「お前には関係ないことだ」

彼はそう言い置いて、呆然とする澄香を残し、一人でお客様の家に見舞いに出かけてしまった。

事件以来、日参しているのだと知った。

その後、食中毒事件そのものは意外な決着を見せた。犯人は思わぬところに潜《ひそ》んでいたのだ。

事件当日のお客様は、六十代の夫婦と知人女性の三人。仁が来るのを待っていたお客様たちは、ご近所からもらったというキノコの佃煮《つくだに》をつまみながら談笑していたそうだ。

実は、このキノコがくせ者だった。佃煮には何種類かのキノコが混ざっていたそうだが、その中に特殊な毒性のあるものがかなりの割合で含まれていたのだ。前後にアルコールを摂取した場合に限り毒となる、いわば酒飲みを狙い撃ちする毒だ。アルコールの分解を阻害する働きがあるそうで、結果、めまいや嘔吐、頭痛に呼吸困難などを引き起こす。事実、発症したのは三人中、料理と一緒にお酒を飲んだ二人だ。残りの一人はお酒を飲まない人だったので何ともなかったわけだ。

「そういえば、ひどい二日酔いみたいな症状だった」と、あとでご主人の方が言っていたそうだ。体質的なものなのか、この人が思いがけず重症化してしまったのである。

結局、仁に落ち度はなかった。

まったく迷惑な話だが、よく考えると、このキノコが、出張料亭の当日にもたらされたというのも、偶然にしては何やらできすぎているのではないか。澄香はそんなことをちらっと考えた。

そして、その推測は的中した。〝食中毒〟の発生からその後に続く中傷まで、すべてが周到に仕組まれていたのだ。

悪意というものがどこから来るのか。実は中学の頃から、澄香が幾度となく考えてきたことだ。

きっかけはほんの些細なことに過ぎないのかもしれない。小さな感情の行き違いや、ちょっとした誤解。あるいは妬《ねた》みや羨望《せんぼう》。一つ一つは小さなものでも、徐々に積み重なって、大きな波のようになる。気付いた時には、波頭が我が身を襲ってから、初めて自分が悪意にさらされていたことを知る。全身に波をかぶり、もう逃げ場はない。救いのない絶望感と孤独に、息さえできない。

はるか昔の記憶が鮮明によみがえり、澄香は指先が冷たくなっていくような感覚に囚《とら》われた。


その悪意の出所を知った時、仁は一瞬、信じられないという顔をした。澄香だって信じられなかった。まさか、彼女がそこまで恨みを募らせているなんて、夢にも思わなかったのだ。

事の発端は去年の夏だ。七月、神崎又造氏の米寿のお祝いパーティーで出張料亭を頼まれた。若い頃に京都で働いていた彼に、思い出の味である鱧《はも》を出して、喜んでもらったのだ。

又造夫妻から曽孫《ひまご》まで。神崎家の四世代はまさしく幸せを絵に描いたようだった。

亀裂が入ったのは、孫の太津朗夫妻だ。ある日を境に、妻の沙織に奇行が見られるようになり、離婚話が進んでいると聞いた。一体どういうわけなのか、その沙織は「おりおり堂」を恨んでいるようだった。彼女は何度か店先に現れ、幸せに輝いていた夏の一日が嘘のように不気味な姿で、「死ね」「殺してやる」と叫んだのだ。年末に挨拶がてら訪ねて来た太津朗は、沙織が自分の伯母から精神的支配を受けているのではないかというようなことをほのめかしていた。

正直なところ、この話を聞いても、澄香はあまりピンとこなかった。自分の伯母の誰かが、甥姪の配偶者を支配するなんてことはあまり聞いたことがない。またそんなことをする理由にも思いあたらない。

だが、太津朗の伯母なる人物には、その理由があったのだ。

二月の終わり近く、太津朗に伴われ、沙織が訪ねて来た。お客様にキノコの佃煮を食べさせたのは自分だと言う。

当初、この二人が何を言っているのか、澄香には分からなかった。キノコの件と沙織がまったく結びつかなかったのだ。それでも話を聞くうちに、事件の全容が浮かび上がって来た。

そもそも沙織はターゲットになった人たちと最初から面識があったわけではない。偶然を装って近づいたのだ。更に、沙織の懺悔によって、店にはこの数ヶ月、盗聴器が仕掛けられていた事実が判明し、桜子も澄香も驚愕《きょうがく》した。

「まさかそんな……」

だが事実だった。目の前に示された小さな器械を見下ろしているうちに、じわりじわりと何とも言えない気持ち悪さが募ってくるのを感じる。

盗聴器から得た情報で、彼女はターゲットを選び、決行日を決め、周到に計画を練っていたのだという。とてつもなく恐ろしい話なのだが、澄香は正直なところ、怖いというより、信じられない気持ちの方が大きかった。何故、そこまでやるのか。その妄執《もうしゅう》はどこから来るのか。

一瞬、かつて仁にまとわりついていたというストーカー女たちのことが思い浮かんだが、彼女たちの理屈は、極端であることに変わりはないものの、理解不能というわけではない。

すると、太津朗が口を開いた。

「僕の伯母は本田というんです」

澄香の脳裏にベクシンスキーの絵画が浮かんだ。荒涼とした景色の中に死と絶望、廃墟と腐敗を描き続けた画家だ。

昨年、「出張料亭・おりおり堂」にハロウィンのパーティーを依頼してきた女がいた。頭から灰でもかぶったような、白髪《しらが》まじりで長さもバラバラの頭髪。シミやしわの目立つ顔に、ケミカルピンクの口紅だけが妙に毒々しく浮き上がった印象だった。

彼女は自分の親戚を招待し、呪いをかけるために、ベクシンスキーの世界観を表現した和食を作れと仁に依頼し、言下《ごんか》に断られていた。

「まさか……」

そのまさかだった。太津朗が苦々しげにうなずく。

本田和恵は太津朗の母、神崎政恵の実姉だった。彼女は父である又造氏のお祝いにも呼ばれていなかった。絵に描いたように幸せな四世代の一家の背後に、呼ばれていない魔女が潜んでいたのだ。魔女はそれを恨み、一家に呪いをかけた。

これじゃまるで、いばら姫の十三番目の魔女みたいではないか――。

そんな場違いな考えが浮かび、澄香は眼前の沙織を信じられない思いで見つめた。

彼女は年末に見たときよりも雰囲気が少し柔らかくなっていた。以前の攻撃的な態度や、病的なものは姿を消し、服装もこざっぱりしており、薄いながら化粧もしている。ただ、その話し方には少し違和感があった。

彼女の子供たちは無事、本田夫人宅から奪還され、現在は政恵夫妻のもとにいるそうだ。

太津朗によれば、まったく悪夢のような出来事の連続だったそうだが、逆に今回の食中毒事件が突破口となり、事態が動いたらしい。今回の事件で沙織がしでかしたことはまさに犯罪だ。そのことが、逆に沙織の目を覚まさせ、結果、子供たちを連れ戻すことにも成功したというのだ。

実のところ、やかましい子供たちに本田夫人はうんざりしており、毒でも盛りかねない様子なのを沙織が危惧していたという事情もあったようだ。

だが、実際にお客様に〝毒〟を盛ったのは沙織だ。本田夫人は一切手を下していないのだ。

太津朗は仁に、沙織を告訴しても構わないと言った。確かに、この事件はお客様にとっては傷害、こちらとしては偽計業務妨害あたりで告訴可能な案件でもある。刑事事件になるのなら、きちんと沙織に償わせるし、もしそうしないのであれば、それはそれで毅然《きぜん》とした対応をするつもりだと太津朗は言うのだ。いずれにしても、沙織の今後の態度如何《いかん》では、二度と子供たちに会わせないつもりだそうだ。今回沙織がこうして謝罪に現れたのも、二人でそう話し合った結果らしかった。

確かに、沙織はきちんと謝罪したし、自分の犯した罪の大きさに戦《おのの》いている風でもある。ところが、何かしっくり来ない。言葉はきちんとしているのに、その話し方に実感が伴わないというか、感情と言葉が乖離《かいり》しているような、ふわふわしたものを感じる。臨場感がないのだ。

呪縛の一部がまだ解けていないのではないか？　澄香はそんな印象を受けた。

ともあれ、すべてのパーツがはまり、仁を取り巻く悪意の正体がはっきり見えるようになった。

本田夫人のところで何かあったのか、優奈とナオは毎晩、怯えて眠らないそうだ。音《ね》をあげた政恵が沙織に会わせたのだが、子供たちは今度は沙織に怯え、近づこうとしないという。「ママがママじゃない」と優奈は繰り返し、弟のナオは沙織が抱き上げようとすると、火が付いたように泣き出してしまうのだそうだ。仁にとっては、この話が一番ショックだったようだ。

「そんなの仁さんのせいじゃないですよ」という澄香の言葉は彼の心には届かなかったようだ。

太津朗夫妻が帰ったあと、仁はテーブルに向かったまま、長いこと何かを考えていた。

そして、立ち上がると言ったのだ。

「山田、新しい予約はもう入れるな」と。


現在、「骨董・おりおり堂」も対外的には休業中だ。仁がおらず、澄香も半病人。あんなことがあったのでカフェも休止中。桜子が「いいのよ。たまには息抜きもしなきゃ」と言うので、澄香は骨董関係のことを教えてもらいながら、ぶらぶらしている。それでも、懇意にしている骨董のお客様が訪ねてこられることもあり、美しき女主人をはじめ店内はいつも通りの佇《たたず》まいだ。

店先のショーケースには、これまた年代物の蒔絵の道具が一対。胡銅《こどう》の花入れには桃の枝が入っている。八角形の道具は貝桶《かいおけ》というもので、貝合わせ、または貝覆いという神経衰弱に似た遊びに使う貝を左右に分けて収めるもの。昔の嫁入り道具だそうだ。貝合わせに使う貝はハマグリが多く、内側には蒔絵や彩色が施してある。ハマグリのような二枚貝は、元のペア同士でないと合わせることができないので、夫婦和合や貞節の象徴とされていたそうだ。

「昔の人はあたり前のように夫婦になれて、何の疑問もなく添《そ》い遂《と》げたんですかね」

源氏物語の場面が描かれたハマグリを前につぶやく。澄香の問いに、桜子は驚いたような顔をした。

「それはどうかしら。人間の気持ちは、そう簡単なものではないのではないかしら？　昔も今もそれは変わらないと思いますよ」

ただ、と彼女は続ける。

「他の選択肢はなかったという事情もあったかもしれないわね。たとえどんなに厭な相手でも、我慢して夫婦であり続けるしかなかった時代もあったのでしょうし」

「今は自由な時代なんでしょうか？」

とてもそうは思えず、訊いた。

「そうねえ……」

桜子は含みのある微笑を浮かべる。そうだとも、違うとも言わない。

夫婦という単位、結婚という制度が何のためにあるのか、澄香には分からなくなっていた。

仁は京都へ行ってしまった。予約は食中毒疑惑でほぼ取り消しになっていたし、保留にしていたものもすべてお断りした。新しい予約を入れないというのは、彼が出張料亭を辞めてしまうという意思表示に他ならない。

「お前には関係ないことだ」

その言葉がすべてだろう。彼にとって、添い遂げるべき相手はやはり由利子なのだ。私は、ただの助手。私たちの貝殻は、永遠に合わないのだ。

「ふうぅ」澄香は溜息をついた。

そもそも、男女は必ずペアにならなければならないのだろうか。太津朗夫妻や小山と亡くなった瑞絵、そしてミカ。あんな風に壊れてしまうのならば、最初から夫婦になどならなくていいのではないかと思うのだ。

藤村だってそうだ。彼は六年前に事故で妻を亡くした。澄香にそっくりだったと彼の友人たちが口を揃えて言う女性だ。藤村がどれほど彼女を愛していたのか。澄香が思い知ったのは、彼の自宅を訪れた際だ。

先日、病院のベッドから動けない藤村のために、左門と二人で鍵を預かり、身の回りの品を取りに行ったのだ。

背を起こしたベッドにもたれ、部屋の見取り図を書きながら、藤村は妙なことを言っていた。

「澄香さん。布は外してくれていいからね」

「はあ……」訳の分からぬままにうなずいて来たのだ。

藤村の自宅は都心の一等地にあるマンションの一室だ。低層の建物で、一棟ごとの面積がとても広い。藤村の部屋は、ゆうに二百平米以上はありそうだった。

玄関の鍵を開けて、まず気が付いたのは匂いだ。昔どこかで嗅いだことのある懐かしい匂いがするのだ。前にも感じたことがある。彼が傍にいる時、あるいは上着を預かった時に、何度か感じたことがあった。家が持つ匂いなのだろうか。くすぐったいような甘いような、眠くなるような、不思議に心安らぐ匂いだ。

一年間、出張先の色々な家を訪ねた。程度の差こそあれ、その家々が持つ匂いのようなものは確かにある。中には澄香たちが着く前に、窓を全開にして空気を入れ替えたり、お香《こう》などを焚《た》いてくれている家もあるが、やはり家々が持つ匂いは消しきれない。その正体は分からない。建材や調度品から出る匂い、あるいは食材や料理から出たもの、もしくは住む人の発する匂いなのかもしれない。

――この家の匂いは藤村の匂いだ。

そう思った瞬間、澄香は何故か泣きたいような気分になった。

藤村が必要だと言ったものは、すべて彼の書斎にあった。

「ちいっと風を通しといてやるか」

そう言って、リビングに向かった左門が「おいおい、何だぁこりゃあ」と大声をあげた。三月もまだ日の浅い午後だ。リビングの三方が天井までの大きな窓になっている。どれも厚いカーテンが閉められたままになっていたが、一つだけ隙間が空いており、そこから柔らかい陽ざしが射し込んでいる。

広いリビングの調度品には、すべて白い布がかけられていた。光の加減もあいまって、オフシーズンの別荘のようだ。

「何だってんだ？　藤村の野郎。まさか襲われる事が分かってたわけじゃあるめえに」

ダイニングを覗くと、そこのテーブルにも布が掛けられていた。カウンターキッチンの傍にハイチェアーがあり、その前にマグカップが一つ、置かれたままになっている。中を覗くと、底に乾燥したコーヒーの輪が残っていた。

ずかずかと左門がキッチンの中に入る。冷蔵庫を開けてみると、中にはミネラルウォーターやビールしか入っていないようだ。

「何だい、こりゃあ。あいつ、ホントにここで生活してやがんのか？」

「出張が多いからですかね」

「それにしたってよぉ」

ショールームのようにきちんと片付いたキッチンをよく見ると、うっすらと埃《ほこり》が積もっている。ほとんど使われた形跡がないのだ。

マグカップの近くに置かれた写真立ての中に、立山《たてやま》だろうか、美しい夏山をバックに笑う二人の写真があった。今よりかなり若い藤村と、その妻だろう。澄香が想像していたよりもずっと華やかな女性が楽しげに笑っている。陽気な印象は妻だけではない。別人のように屈託のない藤村の笑顔も意外だった。

藤村の妻が自分に似ているのかどうか。澄香には分からない。ただ、彼の時間がこのときから動いていないことは見て取れた。

「呆れた野郎だぜ、なあ。あいつ、かみさんが亡くなった時のまんま、全部に布かけちまったんだな」左門がソファの布を外しながら、憐《あわ》れむような声を出した。

布の下から現れたのは、開いたままに伏せられた数年前の雑誌、そして亡くなった妻のものとおぼしきエプロンだった。ちょっと立ち上がって外し、そこに置いたまま、といった風情だ。

「やれやれ。野郎の止まった時間、動かしてやれるンかねえ」

短く刈り込んだ頭をボリボリ掻きながらつぶやく、途方《とほう》にくれたような左門の声を澄香は黙って聞いていた。

三月の二週目。思わぬ珍客の襲来があった。ヒョウ柄のダンプカーが休業中の「骨董・おりおり堂」の店先に突っ込んで来た。

「返品やで、返品っ！　返品させてもらいますよってにな」

ガラガラと勢いよく格子戸が開く音に続き、聞き慣れない関西弁が飛び込んで来て、歳時記の部屋で伝票の整理をしていた澄香はびっくりして立ち上がった。

もちろん実際に車が突っ込んできたわけではない。見覚えのない中年女性が店先で吠えているのだ。その迫力がダンプカー並みなのである。同じ関西弁でも葵のはんなり（いけずな）京都弁と違い、ミットにズバンッと収まる重い直球といった印象だ。ハスキーでありながら、とにかく大きく、よく通る。

身長は百六十もなさそうだし、特に恰幅《かっぷく》がいいわけではない。しかし、ヒョウ柄のカットソー（？）の中央では獰猛《どうもう》そうな豹が牙《きば》を剥いているし、髪はマリー・アントワネットのような金色の縦ロール。筋張った頬骨の上にハリウッドセレブのようなごついピンク色のサングラスをかけ、数え切れないほどの紙袋を両手にぶら下げている。

「まあ。いかがなさいました？」桜子がまったく動じた様子もなく言う。

「ああ、おたくがここのおかみさんですかいな。もう、ホンマにエライことしてくれはりましたな。あないなもん話が違いまっせ。とにかく返品させてもらいますよってな」

「あら。何か差し上げたものに手違いでもございましたでしょうか？」

「そうそう、その手違いっちゅーやっちゃ」

桜子はと見ると、何やら愉快そうに笑っている。さすがに懐が深いというか、何というか。本当に滅多なことでは動じない人だ、と感心しきりの澄香である。

「奥でゆっくりお茶でもいかがですかしら？」

「ひゃっ、そうでっか？　すんませんなあ、ほなお言葉に甘えましょかしらん」

強引なのか遠慮深いのかよく分からない返事に、拡げていた伝票などを急いで片付け、カフェのテーブルに案内する。

さて、何のクレームだろうかと聞いて、澄香は唖然《あぜん》とした。

「くるみや、くるみ。うっとこの孫ですわ。あの子を返品しようと思うて鳥取から出て来ましてん。あ、これ、鳥取名物ラクダ最中《もなか》。ほんのお口汚しですけど、ま、お一つどぉぞ」

返品って店の商品じゃなくて、くるみのことなのか？　澄香は絶句した。

くるみが鳥取に住む母方の祖母に預けられることになったとは聞いていたが、まさかこの強烈なおばさん（は失礼か。個性的なマダム？）がくるみの祖母とは。

カフェの椅子にがさがさ音を立てながら積み上げられていく紙袋は、ざっと見る限り十以上。青空と砂丘をバックに佇むアンニュイな目をしたラクダの写真が印刷されている。

中身はすべて同じラクダ最中らしかった。

つっこみどころ満載である。

「まあまあ、くるみちゃんのおばあさまでしたの？　初めまして、橘でございます」

立ち上がって頭を下げる桜子に、ヒョウ柄のアントワネット夫人は、ガハハハと大口を開け、ゴージャスな金歯を光らせて笑う。

「いややわあ、奥サン。堅苦《かたぐる》しい挨拶はナシ、ナシ。それよか、やっぱり、こちらのお店にもお世話になってましたん？　あの子」

アントワネット夫人、名前は鈴子《すずこ》だ。年の頃は六十前後だろうか。メイクは濃いが、それがかえって年齢をあぶり出す感がある。

彼女は有能な探偵でもあった。くるみと関わりのあった人々を見つけ出し、行く先々でラクダ最中を配りながら、本人いわく「唾つけときました」そうである。桜子や澄香も唾をつけられた対象らしい。彼女はどうやら、くるみを「返品」、つまり押しつける相手を探しているようだった。

ならば、父親である小山にするのが筋ではないかと思い、その旨《むね》を訊ねてみたのだが、「いややわあ。そら、アカンで、お姉ちゃん。そんなん絶対にアカン」と強く否定されてしまった。

彼女はこれまた金色に輝く外反母趾《がいはんぼし》用の幅広シューズで精力的に街を歩き回るかたわら、毎日、決まった時刻に「おりおり堂」に顔を出すようになっていた。

夕闇迫る頃、「おりおり堂」の前に小机を出して、座るのだ。机上には小ぶりの水晶玉とルーペ、グリーンのセロファンを貼った針金の枠にLEDランプを仕込んだ行灯《あんどん》が置かれ、周囲を怪しい緑色に染めている。鈴子はアニマル柄に重ねて黒の上着をまとい、頭から黒いレースをかぶっている。どうやら、バンシー鈴子と名乗り、占いをやっているらしい。

「オーナー。いいんですか？　なんか、おりおり堂まで怪しく見えてますけど」

落ち着いた佇まいの店構えが、軒先の占い師一人で、たちまちあやかしの館に見えてくるのだ。

澄香の問いに桜子は、おほほと笑った。

「いいんですよ。どうせ、今はお店も休んでいるのだし」

店は休業中にせよ、骨董の常連さんなど、以前の通り遊びに来る人はいるわけで、当然のことながら、その人たちとは一悶着《ひともんちゃく》あった。

藤村の病院に同行するため澄香を迎えに来た左門は「何でェ、何でェ。おめえさん、誰の許可があって、こんな場所で商売してやがんでェ」と早速、大きな目玉を剝いた。

だが、バンシー鈴子も負けるようなタマではない。間髪《かんはつ》を容《い》れず、「おかしなこと言わんといてちょうだいんかー。ちゃぁんとここの別嬪《べっぴん》おかみの許可もろぉとるわ。バンシーさん、存分にお励《はげ》みあそばせ、オホホホホってなこっちゃがな」と左門をはるかにしのぐ迫力で返したものだ。

昨日は昨日で、コーヒーを飲みに来た克子先生と店先で問答をしていたようだ。くるみ嬢の主治医発見、とばかりにロックオンされたのだろう。困惑した様子で店に入って来た克子先生の手にはラクダ最中の紙袋が握られていた。

藤村の病院に見舞いに行った帰り、澄香は忘れ物を思い出し、「おりおり堂」へ戻った。時刻は九時を回っている。桜子はとっくに店を閉めて帰宅した時間だし、鈴子ももう帰っただろうと思っていたのだが、ぼうっと緑色の怪しい光が見えた。

やれやれ、と澄香は思う。桜子は面白がっているようだが、澄香はこの人が苦手だ。ぐいぐいと厚かましく入り込んで来て、人が大切に守っている世界をぶち壊すタイプのように見えるのだ。事実、「おりおり堂」の落ち着いた静けさは、遠慮ない大声に破られる。

「ひゃあ、おかえり。お姉ちゃん。おかみさん、もう帰らはったでぇ」

「あ、はい。忘れ物を取りに来ただけなので」

「そうかいな。まあ、お茶でも飲んで行きや」

鈴子はかさかさと紙コップを出して来て、ポットのお茶を注いでくれた。勧められるまま、小机前の丸椅子に腰掛ける。

「いつまで、こちらにいらっしゃるんですか」

熱いお茶が胃の腑《ふ》に落ちる。あたたまるというより、焼け付くようだ。

「くるちゃんの返品先を見つけ次第やな。ウチかて早う帰りたいんよ。どうも東京の水は合わんさかいにな」

「あの。それって、鳥取の方言なんですか？」

澄香は疑問に思っていたことを訊いた。相手は何故そんなことを訊くのかと不思議そうだ。

「鳥取の言葉ってよく知らないんですけど、何となく大阪の方《かた》のような気がするもので」

鈴子は、ガハハァと豪快に笑った。

「その通りや。ウチは大阪生まれの大阪育ち。コテコテの大阪人や。嫁ぎ先が鳥取やねん」

すぐに帰ろうと思っていたのに引き止められてしまった。鈴子の自分語りが始まる。

彼女は二十五歳で結婚し、鳥取に移り、後にくるみと大河の母となる瑞絵を産んだ。鳥取の婚家は古くから続く旅館だそうで、奔放な鈴子は水が合わず、当時、まだ三歳だった瑞絵を置いて大阪に戻ったという。

「そら、あん時は色んな仕事したでぇ。皿洗いから始まって、団子屋の売り子に仲居やろ、キャバレーのホステスまでやったからなあ」

自慢げに語る彼女に澄香は嫌悪を覚えた。

「子供を置いてですか？」

「しゃあないやんかぁ」とどこまでも陽気に笑いながら鈴子は言う。

「だって、お前が出て行くのはかまへん。せやけど、子供は置いていけ。連れて行くことはまかりならんて、姑が言いよんねんで。ホンマにあのごうつくばりが。全部、あの鬼ババのせいやっちゅーねんがな」

他人事のような鈴子の物言いに、澄香はついムキになってしまう。

「それって、自分だけ逃げたってことですよね。お子さんのこと、気になりませんでしたか？」

どうしてこんなに腹立たしいのか。もしかすると、亡くなった瑞絵とくるみのことがダブって思えるせいかもしれないと、澄香は内心考えていた。

この人は瑞絵さんを置いて逃げたわけだよね。そんな人にまたくるみ嬢を預けるって――？

それだけではない。彼女はくるみを返品したいとはっきり言っているのだ。

詰問するような澄香の口調に鈴子は「そうは言うたかてぇ」とのんきな声を出した。

「因業《いんごう》ばさまは一家の要《かなめ》っちゅーか、一族を牛耳《ぎゅうじ》っとるゴッドマザーでな。瑞絵はそらそのばさまに可愛がられてたから。鳥取におったら、何の不自由もないんやで？　大阪で食い詰めるんはウチ一人で十分やろ」

そういうものなのだろうか。澄香には分からなかった。

「でも、たとえそれが親心でも、子供には分からないんじゃないですか。捨てられたって思いがそう簡単になくなるとは思えません」

鈴子は「あっ！」と声を上げた。「それでやろか。結局、ウチ、一年も経たず食い詰めて、ばさまに頭下げて鳥取に戻ったんやけどな。瑞絵が何や、他人行儀っちゅーかな。遠巻きにじいっと睨《にら》むばっかりで、二年ほどロクに口も利いてくれへんかってん」

今初めて、その事実に気付いたような彼女の反応に頭が痛くなりそうだった。

「そう思われるなら、くるみちゃんを返品するなんて言わないであげてくれませんか」

「へ。そら、どうやろな」鈴子は緑色の光に照らされながら、ひゅっと笑う。「あの子は既に親に捨てられてますんやで」

その表情には名状しがたい凄《すご》みがあった。


バンシー鈴子の服は日替わりでゼブラ、虎の顔、ライオンの顔、パイソン柄と変化した。ローテーションが一巡して豹に戻った土曜日、澄香たちは区民センターの和室に集められていた。夜の八時だ。小山にミカ、桜子に古内医院の先生親子。何故かまあさまでいる。

驚くべきはそれだけではなかった。

太津朗と沙織がいるのだ。

区民センターの入口で偶然、二人に出くわした澄香は、てっきり別の用事で来ているのだと思ったのだが、目指す場所は同じだった。何やらわけの分からぬままに挨拶を交わし、三人でエレベーターに乗りこむ。太津朗は会社帰りだそうで、スーツに書類カバンを持っていた。太津朗と沙織は会話はおろか、ろくに目を合わせようともしない。微妙な空気が漂い、気詰まりだった。

集合場所に指定されていた和室は十畳ほどしかない。そこに九名の人間が集められていた。桜子と澄香は全員を知っているが、互いに面識のない人間の方が多そうだ。

小山とミカにまあさ。女性二人はスマホを見ながら、きゃっきゃと笑っている。子供たちは同じホールにある託児所に預けているそうだ。

古内親子に桜子、澄香。思い思いに座布団を敷いて座っているが、澄香以外は妙に姿勢のいい三人である。

少し離れて座っている太津朗と沙織。

なんとなく話をするうち、三つのグループはまったく別の理由でここにいることが分かって来た。

澄香たちは、くるみの話だとばかり思っていたから、当然小山とミカも同じ目的で呼ばれたのだろうと思ったが、違った。ミカとまあさがここに来た目的は、「よく当たる占い師により深く見てもらう」ためだった。ミカとまあさは既に一度、街（おりおり堂とは違う場所）でその占い師に遭遇しており、自分たちの未来について、すごくいいことを言われたそうだ。特にミカは〝人生に迷いのある〟ダンナを占い師に諭してもらう約束で、小山を同伴したものらしい。

澄香は思わず、古内の先生方や桜子と顔を見合わせてしまった。小山たちの方は、澄香たちも占いが目的で来たと思っているようだ。もちろんミカは澄香を見て、いやぁな顔をしていたが。

「きっと鈴子さんには考えがおありなんでしょう」と桜子が言うので、あえて小山には何も言わずにおくことにした。

さらに、ぼそぼそと沙織が澄香に話したところによれば、こちらは夫婦立て直しの相談会に来たつもりらしかった。現在、太津朗は実家で両親、子供たちと暮らしている。沙織は一人でマンションに暮らし、時折、子供たちの顔を覗きに行く。それでも、様々な理由をつけて会わせてもらえないことが多いそうだ。数日前もそうで、悲しくてやりきれず街をさまよっていると、何となく「おりおり堂」に足が向いてしまったのだという。

我に返った沙織は、自分が憎悪の感情に支配され、何かを破壊する目的で向かっていたことに気づいて愕然としたそうだ。恐ろしいことに、まだ洗脳は完全に解けてはいないらしかった。

そこで、出会ったのがバンシー鈴子だ。鈴子は沙織に対し、自分は占い師をする傍ら、現在は結婚相談所も開いており、夫婦不和の相談にも乗っていると言ったそうで、今夜は渋る太津朗を口説き落とし、すがる思いでやって来たのだという。

そこに、呼びかけ人の鈴子が入って来た。飛び上がらんばかりに驚いたのは小山だ。

「お、お義母《かあ》さん⁉　なっ、なんで？　どうしたんですか一体？」

「どうしたもこうしたもあるかいな。くるみを返品しに来たに決まってるやろ」

ミカの顔色がさっと変わる。

「どういうこと？　この人、誰なの⁉」

ミカの絶叫に、鈴子は頭を下げた。

「改めてコンニチワやな。くるみと大河の祖母です。どうぞ、よろしゅう」

「は？　何なのそれ。だましたっての⁉　信じられないっ。何考えてんのよ。キモいっ、キモすぎる。私、帰る」

ヒステリックなミカの声が耳に響く。

「待ちぃ。アンタの悪事は全部分かってんのや。悪女気取るんやったら、最後まで貫《つらぬ》かんかい」

「頭おかしいんじゃないの、この人。何言ってんのか全然分かんないし。帰ろ、ダーリン」

ミカが少し目立ち始めたお腹を抱えて立ち上がる。

「お義母《かあ》さん。話はあとでゆっくり。とにかくここは……。僕、ミカを連れて帰りますから」

「ええ加減にしぃや、小山はん」

ヒョウ柄ダンプが一喝した。すごい迫力だ。立ち上がりかけた小山に、ミカまでもが動きを止めた。

「ええか、小山。ミカさんとやらもよう聞き。ウチはな、アンタの再婚に反対やったわけやない。いい人がおったら、いつでも再婚しぃやと折に触れて言って来たはずや。それが亡くなった瑞絵の遺志でもあったんやから」

はい、と小山が大きな背中を丸めうなずく。

「それでアンタら一家が幸せになってくれれば、ウチは何も口出すつもりはなかった。せやけど、何やの、この有様《ありさま》は。くるみはなあ、いっこも笑わへんのやで？　あんなににこにこ笑うて可愛らしかったあの子がや。あんなくるみは返品や。さ、早う可愛かったくるみを返してちょうだい、小山はん」

「それは……。くるみにもお義母さんにも申し訳なく思ってます。だけど、もうどうしようもないんですよ。今だけです。今だけ、くるみをお願いします。こっちで僕らの家庭を立て直したら、必ず迎えに行きますから」

クマのような大きな男が畳に額をこすりつけて土下座している。

「そこにくるみの入る場所はあるんか?」鈴子がきゅっと顔を歪ませた。「その家庭とやらに、くるみは入れるんか? ミカさん、どないや」

ミカはふてくされた顔で横を向いている。

「なあ小山はん。言わんとこかと思うてたんやけどな、アンタ、くるみがミカさんの子を叩いたいう話、知ってるやろ」

これを鈴子に話したのは澄香だ。訊かれたからだ。そのことが原因でミカは精神的にバランスを崩したそうで、結果、クリスマスイブのくるみと大河の放置事件につながった。くるみが鳥取に行くことになったのは彼女の態度の悪さが原因で、要は自業自得だという話になっていたわけだ。

「くるみがなんでそんなことしたか知ってるか? アンタは知ってるな、ミカさん」

大きな舌打ちが聞こえた。ミカだ。

「ちっきしょう。あのガキ、あれほど言わないって約束したのに、チクりやがった。大体、ばばあもばばあだろ。孫可愛さか何かしらないけど、こんなとこまで押しかけて来て、占い師騙《かた》って人を陥れるような真似しやがって。さすがはあのクソガキのばあさんだけあるよ。派手なカッコしやがって。田舎モンは大人しく田舎にひっこんでろっつーんだよ」

ミカの服装や髪型は最初に会った時からあまり変わらない。女の目には若干違和感があるものの、どちらかというとおとなしめだ。その姿で口にするのがこの罵詈雑言《ばりぞうごん》。まあさにミカのメールやラインを見せられたことはあったが、実際に本人の口から聞くと、何とも寒々しい気分になった。

「ちゃうで。くるみはチクってないんや。どんなに訊いても、絶対に喋らへんかった」

「あら、どういうことですの？」横から桜子が言う。

「卵焼きですねん」

辛そうで切なそうで愛おしげな、何とも言えぬ表情でつぶやき、鈴子は滲《にじ》んだ涙を拭った。

鈴子の話はこうだ。

華麗なるレーシングテクニックを誇る叔母（鈴子の娘。元自衛官だそうだ）の運転する車で鳥取に着いたくるみだが、とにかく笑わない。久しぶりなので人見知りをしているのかと考えていたが、数日経っても変化はなかった。転校先でも笑わず、クラスメイトともまったく打ち解けようとしない。案じた担任が家庭訪問に飛んでくる始末だ。事情が事情でもあり、長い目で見守ろうと思っていたある日のことだ。

鳥取の家は旅館を営んでいる。女将業は瑞絵の妹にあたる叔母が婿《むこ》を取り、継いでいるが、鈴子は鈴子で占いや結婚相談所の仕事が忙しく、なかなか落ち着く暇がない。

旅館にとっての夕食時は一番忙しい時間帯なので、くるみと、そのいとこにあたる子供たちだけで食べることが多いのだそうだ。

これではアカンと、休みを取った鈴子がくるみに食べたいものを訊くと、「卵焼き」だと言う。

「よっしゃ、まかせとけ」とばかりに張り切った鈴子が卵焼きを焼いて、「さあさあ、くるちゃん食べよかぁ」と見ると、緊張の日々で疲れたのだろうか、くるみは眠っていた。あまりの寝顔の可愛さにくるみの髪を撫でていたところ、くるみが「ママ」と寝言を言ったのだという。

「こう見えて、ウチは若い頃、女優やっててん」と豹が吠えているカットソーの胸を張った鈴子は、亡くなった瑞絵の声音《こわね》を真似て「どうしたの、くるちゃん」と声をかけたそうだ。たしかに通常時の鈴子とは別人のように優しく澄んだ声だ。小山が「瑞絵……」とつぶやき、涙を拭っているところを見ると、相当似ているのかもしれない。

ねぼけたくるみは鈴子に「ママ」としがみつき、鈴子の膝に小さな頭をのせて、堰《せき》を切ったように話し始めたのだそうだ。

「くるみね、新しいお母さんに嫌われてるの」

「そない言うたんやで、わずか七歳の子が泣きながらや」

涙で溶けたマスカラで目の下を真っ黒にした、鈴子が吠えた。

「そりゃ、人間、相性ってものもあるんで。しょうがないんじゃないですかぁ」

うそぶくミカに、鈴子が続ける。

事の発端はリボンだったそうだ。クリスマスイブの朝、くるみが出して来て頭に飾ったリボンをミカの上の子、ミーナがうらやましがり、くれと迫った。それまでにもくるみはお気に入りの文房具やハンカチなどを、その子が欲しがるままにあげていたらしい。

だが、そのリボンだけはどうしても譲《ゆず》れなかった。

「ママが天国に行っちゃう前、くるみの誕生日に買ってくれたピンクのリボン。覚えてる？」

くるみは鈴子演じる瑞絵に向かって、そう言った。

澄香はクリスマスのイベントで見た覚えがあった。ブサ猫によく似たくるみ嬢の頭に乗っかった、ふわふわしたピンクのリボンが、とてつもなくアンバランスで可愛らしかったのだ。

「くるみ、どうしてもあげたくなかったの。でも、ミーナちゃんがどうしても欲しいって、くるみ頭バンバン叩かれて、やめてって、つきとばしちゃったの。そしたら、お母さんがお前みたいなヤツは誰からも嫌われるぞって……ねえ、ママ。ママもくるみ嫌いになる？」

そのあと、我に返ったくるみは母の不在に落胆したものの、卵焼きをおいしく食べたそうだ。ようやく少しだけ笑顔が戻り、鈴子に甘えかかったくるみは、祖母の手首の辺りの匂いを嗅いで、不思議そうな顔をしたという。

「さっきね、夢でママに会ったの。おばあちゃんと同じだ。おてて卵焼きの匂いがしたよ」

そのせいでくるみは、鈴子を瑞絵と錯覚したのだろう。

鈴子はミカに向かって言った。

「なあ、ミカさん。そりゃ自分より小さい子が物を欲しがったら上の子は涙を呑んで我慢するべきなんかも知らへん。せやけど、あのリボンだけはくるみにとって、どうしても手放されへんもんやったんや。どうか分かってやってはくれへんか？」

ミカは、はぁーあと面倒そうな声を出した。

「ったく、ピンクが似合う顔かっつーんだよ。ウチのミーナの方がよっぽど……」

「やめろ、もうやめてくれっ」小山が遮り、頭を掻きむしっている。

「苦しかったんですよ、俺……。苦しくて、苦しくて、どうにもならなくて目の前の救いにすがりついてしまった」

そう言って、小山は堰を切ったように語り始める。

彼にとって、理想の家族とは、まだ瑞絵が生きていた頃の四人のそれだ。専業主婦の妻。おしゃまな姉とやんちゃな弟。自分は家族のために懸命に働く役割だ。

そう思えば、どんな激務も苦にはならなかったと、小山は言った。

ところが、ある日、家族のバランスが崩れた。瑞絵が発病したのだ。余命を告げられた彼女は母子だけで実家に戻ろうかと考えたそうだが、小山はそれを拒否した。

「なんでやのん。そんなんやったら、もっと早くに頼ってくれたら良かったやないの」

鈴子がなじるように言う。

だが、小山としては少しでも長い間、四人の暮らしを続けたかったのだそうだ。

それは瑞絵の希望でもあった。


区民センターの和室。狭い部屋に十人の人間がいる。年齢性別、立場もさまざまだ。

空気が濃いというのか、ぐっと圧縮されたような不思議な空間だった。隣の部屋から聞こえる楽しげな笑い声や手拍子が妙に遠く感じられる。

狭いせいだろうか。誰かの喋る言葉が、すぐ目の前まで迫ってくる気がするのだ。

ここは何かに似ている。だが、何に？　澄香は懸命に考えるのだが、もう少しのところで答えが出ない。とにかく、小山の話から気を逸らすことができずにいた。

太津朗と沙織も同様のようだ。

そもそも彼らにとっては、小山の独白など、自分たちには何ら関わりがないことだろう。にもかかわらず、二人は実に真剣な面持ちで小山の独白に耳を傾けている。

小山は肉厚の手で顔を覆い、語り続ける。誰かに何かを説明するためではなく、ただただ懺悔するようだ。

——瑞絵の病状が進行していくにつれ、次第に理想の家族を継続するのが難しくなっていった。仕事に看病、子供たちの世話。

そんな日々、食事を作りに来てくれたのは仁だ。彼は瑞絵のレシピに忠実に、料理をして子供たちに食べさせてくれた。

「だけど、それが申し訳なくて、心苦しくてしょうがなかった。自分の家族なのに、自分一人じゃ守りきれないなんて」

「でも、仁さんは……。仁さんにとってはそれが救いだったって言ってましたよ」

思わず澄香が言うと、老先生が、うむうむとうなずいた。

「そうじゃの。あの御仁は一時期死んだようになっておったからの。どうじゃろうか、小山さん。あんたも一つ、自分たち家族が誰かの救いになっていたと考えてみんかの」

由利子の事件があり、左門いわく〃やさぐれて〃ぼろぼろになって戻って来た仁に、小山を紹介したのは老先生だそうだ。

「あの御仁はのぅ、あんたたち家族に料理を作って食べさせることで立ち直ったんじゃ。出張して料理を作ることを始めたのは、あんたたち家族がおいしそうにごはんを食べる姿に喜びを見出したからだと言うておったんじゃよ。あの、口の重い御仁がじゃ」

仁の顔でも思い浮かべているのだろうか。老先生は愉快そうに天を仰ぎ、かかと笑っている。

「人間、かくのごとく持ちつ持たれつ、足りないものがあれば誰かの手を借りればよいのじゃ。相身互《あいみたが》いじゃよ。どうも、あんたは何でも自分一人で抱え込みすぎるようじゃ」

小山がもそもそと頭を下げる。

「皆さんのお気持ちは本当にありがたかったです。でも、どうしても足りないものがある。先生、それでも、どうやっても誰にも借りられないものってあるんじゃないでしょうか」

老先生は意外そうな顔だ。

「あんたの言う足りないものとは何じゃね？」

小山は畳の上に座り直し、まっすぐ前を向いた。誰かの顔を見ているわけではない。ゆるく輪になった全員は小山に注目しているが、彼は壁の一点を見ていた。

「正直に言ってしまうと、俺、子供たちの時間についていけないんです。ついていけないっていうのか……ゆっくりすぎて、ダメなんですよ。この子らが一人前になるまでどんだけの時間がかかるんだろうって」

小山がこう思ったのは、瑞絵が亡くなったあと、葬儀や手続きが一段落し、久々に子供たちを連れて公園に出かけた時だったそうだ。

晴れた日の公園で、いつまでも飽きずにアリを眺めている大河に、小山はイライラを抑えきれなかった。会社に無理を言って休ませてもらっているところだ。同僚にもずいぶん手助けをしてもらっている。一人抜ければ、他にしわ寄せがいくのが分かりながら彼らの好意に甘えている状態なのだ。すぐにでも仕事に戻りたいのに、自分はここで、子供たちと同じ時間の流れに身を置いて過ごしている。苛立ちと焦りがあった。

もういいかと思って、「ほら、行くよ」と促しても大河はまだアリを見ている。大河の好きなお菓子を買う約束で、ようやく歩き出したものの、その歩みは驚くほど遅い。何かに興味を惹かれてはそのつど立ち止まり、寄り道してみたり。かと思うと、ぽかんと口を開けて空を見上げたりしている。まるで悠久の時が流れているかのようだと小山は思った。

こんな風な子供たちの時間に、これから一人で付き添って歩いていくことを考えると、気が遠くなりそうで、と小山は言った。

「この時間を一人で過ごすのは自分には到底無理だと思ったんです。だから、どうしても母親が欲しかった」

「しかし君。昨今は働きながら子供を育てているお母さんだって大勢いるのだ。母親がいればいいというものではないのではないか」

克子先生の言葉に、小山はうなずく。

「分かってます。けど、今までがそうだったから、ウチの家族は。どうしてもそれを理想の姿と思ってしまうんです」

瑞絵は決して専業主婦志望ではなかったそうだが、二人目の子の育休期間中に発病したため、復職できないままになったのだ。

瑞絵が歩んだ子供たちとの時間を、もう一度、取り戻すためには自分一人ではダメだし、仁が料理を作ってくれるからといって、この部分はどうしても補えない。

小山の親は早くに亡くなっており、頼る親戚もない。瑞絵の親族は鳥取だし、第一、彼女がいない今となっては、頼るわけにもいかなかった。

子供はゆっくりよそ見をしながら歩きつつ、しかし着実に成長していく。保育園に預け、ベビーシッターを頼み、周囲の人々にも助けられながら、それでもどうしても仕事を切り上げて帰らなければならないことも起こる。子供たちの歩みに合わせて成長を見守るどころか、毎日生きていくのに精一杯だ。子供たちに我慢を強いる部分も多い。

くるみや大河が口々に一日のできごとを話しかけてきても、家事や持ち帰った仕事で頭がいっぱいで、整理がなされず着地点も定かではない彼らの話にじっくり腰を据えて耳を傾けてやることができなかった。

「仕事も子供たちの事も、どっちも疎《おろそ》かにしてるんじゃないかって、ずっと焦ってたんです」

そんな折、ミカと出会った。

「壊れた家族同士で、新しい家族を作ろうよ」

彼女の提案が、小山には一条の光のように思えたのだそうだ。

そこまで小山が話したとき、意外な人の声が響いた。

「それ、壊れてないですよ」

おずおずと、だがはっきりした声をあげたのは神崎沙織だったのだ。沙織は一瞬、自分の声に驚いたような顔をした。その瞬間、澄香はこの空間が何に似ているのか、分かった。操り人形だ。上部から糸で動かすタイプの操り人形が狭い箱の中で演じる劇。あれを見ているようだと思ったのだ。

沙織はきょろきょろと周囲を見まわし、何やら落ち着かない表情のまま、言葉をついだ。

「奥さんが亡くなったからって家族が壊れたわけじゃないでしょう。奥さんがいた場所はそのままに、家族の形は残ってるものだと思うんですけど。違いますか？」

ちょっと優等生的にも聞こえる物言いに、ミカが反応する。

「は？　何？　バカなの？　死ぬの？　アンタさあ、ずいぶん知った風な口きいてるけど、じゃあ逆ならどうなのよ。考えてもみなさいよ。死んだ亭主が給料稼いでくんの？　ああ、ヤダヤダ。きれい事言っちゃってさ、いったい何様だよ」

「ううん、違うの。聞いて」

沙織は必死の形相でミカに向き直る。

「私ね、私、本当にバカなことしたと思ってるの。ちゃんと主人もいて、子供たちもいて、それで十分幸せだったはずなのに、ほんの少し魔がさして、大事な家族を壊してしまった」

言いながら沙織の目がどんどん大きく見開かれていく。

あれ？　と澄香は思った。どこか眠ったようだった沙織の表情に、生気が満ちていくようなのだ。まるで、操り人形が劇の途中で自分の意思を持ったようにも見える。

「ヘエ、何それ。最高じゃん。ウケるぅー。あはは、何、何、それでどうしたの？」

ミカが小馬鹿にするように言って、大きなお腹をぐいと前に突き出す。

あ……とためらう様子の沙織に、鈴子が声をかけた。

「気にせんでええんやで。ええか、ここでこうしてみんな集まってるのも何かのご縁や。アンタも今日は自分の言いたいこと、全部吐き出してしまいなはれ。そしたら楽になるよってにな。小山はんの心にかて、必ず何か届くモンがあるはずや。さあ、沙織さん。洗いざらい話してみ」

鈴子に背中を叩かれ、沙織は話を始めた。


太津朗はある意味、理想的な夫だ。妻一筋で家族思い、家事や育児にも協力的でもある。

澄香は、七月の神崎又造氏のパーティーで、子供のおむつを替えに別室へと向かう太津朗の姿に、自分と仁の未来を妄想し、羨ましく感じたのを思い出していた。

何が不満だったのか。今となっては自分でもよく分からないのだと沙織は言った。

彼女の話を聞きながら、澄香は、鈴子が一見無関係に見えるこの夫婦を同席させた理由が垣間見えたような気がしていた。さっき小山が語った夫婦像と、ある意味で表裏をなしているのだ。

ということは、さしずめこの人形たちを操っているのは鈴子ということになる。

恐るべしバンシー鈴子、侮《あなど》れない。

——結婚する前、沙織はイラストレーターだったそうだ。結婚後も、仕事を続けてくれていいと言っていた太津朗だが、実際に生活がスタートしてみると、事はそう簡単ではなかった。特別に人気や能力のある人は別として、フリーランスの仕事は立場が弱い。依頼を断るなどもってのほか、一度それをすると、次からは注文が来なくなると思って間違いない。少なくとも沙織は、自分で仕事量を調整できる状態にはなかったのだそうだ。納期が重なると、眠る間もないような状態で、家事などまったく手が回らない。最初の頃は理解を示していた太津朗だが、次第にいやな顔をするようになっていった。

「まあ……。そんなこともあったかな。けどさ、仕事から疲れて帰って、部屋は散らかり放題、洗い物や洗濯物は山積み、食事の用意もないってなっちゃ、何のために結婚したんだっけって、思うっしょ」

太津朗は半ばおどけた調子で、周囲に同意を求めるように言う。これまた人形のような動作だと澄香は思う。

――更に問題は太津朗の母、つまり沙織の姑にあたる政恵だ。本人いわく、彼女自身は気を遣っていたつもりだそうだが、彼女のあけすけな物言いが、ことあるごとに沙織の心に刺さったのだそうだ。

「まあ、沙織ちゃん。家の中めちゃくちゃじゃないの。こんなんで子供できたら大変だよ」などと、笑いながら政恵は言ったという。

あー言いそうだ、と澄香は内心うなずく。本人は悪気なく言っているのだろうが、沙織にはそれが自分を責める言葉のように聞こえてしまう。

あるいは、納期が重なり食事の支度ができず、太津朗に実家で食事をしてもらった時だ。

「いいのいいの、太津朗もさ、この前、実家にいた時はラクだったとかふざけたこと言ってたからね、こっちでも存分にこきつかってやるわよぉ。沙織ちゃん、気にせずに仕事してなさいね」

沙織自身、政恵に悪気がないこと、沙織の気を楽にするために言っているであろうことを頭では分かっているのだが、つい深読みして、皮肉だと取ってしまう。

出産を機に、沙織は仕事を辞めた。とても続けられそうになかったからだ。

「私……私が、自分で決めたことなのに、お義母さんや太津朗さんにもうちょっと理解がありさえすれば続けられたんじゃないかって思ってしまって」

沙織は必死だった。ここで言わなければ、二度と機会がないかのように、自分の中の何かを総ざらいして、分かってほしいと全身で訴えるようにも見える。

——第一子は女の子で、初めてのことばかりで戸惑いはあるものの、おとなしい子で割と育てやすかった。しかし、下の男の子は、いわゆるイヤイヤ期に入ると、もう怪獣のようになって暴れ、泣きわめいて手がつけられない。太津朗が手伝ってくれるといっても、仕事が休みの日に限られており、沙織のやっていることの十分の一にも満たないのだ。

「そんなの、私は仕事もしてないし、当然だと思うんですけど……」

太津朗が〝イクメン〟ともてはやされればされるほどに、沙織は違和感を募らせていったのだ。

極めつけは七五三だ。沙織の実家が、実家近くの有名神社でのお参りと会食を計画し、神崎家も招く予定で、太津朗に話をしていたはずなのに、何故か「出張料亭・おりおり堂」に頼む話になっていた。

「そうだっけ？」

太津朗はびっくりした顔をした。それを聞いた沙織はぽろぽろと涙をこぼして俯《うつむ》いてしまった。

「いっつもそうだよね。あなた、私の話なんてもう何年もちゃんと聞こうとしてないでしょう」

「いやぁ……うーん」と太津朗は腕組みして考え込んでいる。

沙織は自分たちの住む部屋に料理人を呼ぶのもイヤだったそうだ。手のかかる幼子を二人も抱えていては、どうしても掃除など行き届かない。そんなキッチンを他人に使わせるのには抵抗があったというのだ。

そんなある日、沙織は区の子育て広場で、偶然「彼女」に出会った。

本田夫人だ。

偶然を装い、沙織に近づいた彼女はこう言ったそうだ。

「あなたは絵を描いてる方でしょ。私も芸術が好きなの。不思議なシンパシーを感じるわ」

その出会い自体が仕組まれたものであることを沙織は知らなかった。

巧みに話を聞き出した本田夫人は沙織の境遇にいたく同情し、自分のマンションで絵を描くように勧めた。その間、子供たちの面倒を見ていてくれるというのだ。

「なんであんな人に……」

太津朗は苛立ったような声で言い、一瞬ののちフッと空気が抜けるように笑った。まるで苛立ちを抑えるための笑いみたいだと、澄香はちらりと考える。

「話してみればおかしいのは分かっただろ」

「だって、何年ぶりかに私の絵を認めてくれた人だよ？　ううん、違うわ。あの人は私を一人の人間として認めてくれたのよ」

毎日子供たちを連れて、本田夫人のマンションに通ううち、沙織は次第に洗脳されていった。

本田夫人は自分を排除して幸せに暮らす神崎一族を深く恨んでいた。そして、彼らに呪いをかけるために企画したハロウィンの宴を断った仁と澄香をもだ。その両者を一気に陥れるための駒として、彼女は沙織を利用した——。

改めて澄香と桜子に手をついて謝り、沙織は言った。

「なんてことをしちゃったんだろう、私……謝っても謝りきれません」

本当にごめんなさいと言いながら、沙織が震えていることに気付いて、澄香は思わず「大丈夫ですか？」と声をかける。

太津朗がまたフッと空気の抜けるような笑い方をして、沙織の肩に手を置いた。抱きしめるわけではない。こわごわといってもいいような触れ方はぎこちない。まだまだこの夫婦には距離があるのだと感じさせた。

「太津朗さんは優しいから、絶対にぶつからないんです」

沙織が突然叫んだ。腹の底から出て来た、吠えるような声に一同ぎょっとする。

「あなたが優しいのは、誰ともぶつからないから。細かいことには目をつぶるから。そうやって笑ってかわすでしょ？　面倒なことも腹が立つことも」

子供たちとだけ向き合う日々。沙織にとっての夫は手応えのない幻《まぼろし》のようなものだった。

「私は仕事も辞めて、子供とだけ向き合って、もう誰でもないんだと思ったんです。優奈ちゃんママやナオくんママでしかないの。あなたが会社で出世していく陰で、一生終わるのかと思ったら怖かった」

「うわあ、ワガママ。信じらんない。そんなの母親なんだから当たり前じゃん」

無遠慮に声を上げたのはミカだ。

「私なら、そんな甘ったれたこと言わないしぃ。母親だもんね、自分を殺してでも子供たちを育てるわ。アンタ、母親の自覚ないんじゃないの？」

「コラコラ、待たんかい」

上から目線のミカに、鈴子がツッコミを入れる。鈴子本人はあきれ果てたような顔をしているのに、その物言いがおかしく、つい笑ってしまった。

「アンタなァ。そら、その心意気は立派やで？　せやけどな、そやから言うて、再婚相手の子供は犠牲にしてもかまへんいうことにはならへんのやで」

「別に犠牲にするつもりなんかないわよ。そのうち、くるみもウチの家族になじむ日が来るでしょ。ね、ダーリン」

「俺、間違ってたのかも知れない」

小山が溜息をついた。

「正直、君との将来が描けなくなってる」

「はっ？　何それ。ちょっと、アンタ。何言ってんのよ今更」

激高しミカが詰め寄るが、小山は目を逸らしてしまった。

「冗談じゃないわよ。今更そんなこと許されると思ってんの⁉　ちょっと、どうしちゃったのよ、ダーリン」

揺さぶるが、小山の反応はイマイチだ。と見るや、ミカはえぐえぐと泣き出した。

「もぉヤダ。なんかここおかしいし。ヘンな話ばっかで、ヘンな人ばっかだ。怖い。怖いよぉ。ダーリンまでヘンになっちゃった。きっと、こいつらの毒に当てられちゃったんだよ。ねえ、ダーリン。早くこんなトコから出て、ちゃんとミカと話しよ？　ね？」

上目遣いで言うのである。

小山はようやくミカの顔を見た。

「ミカ。俺は沙織さんと同じなのかもしれない。うすうすは気付きながら、色んなことを見ないフリしてきたんだ。ただ僕たちの子供が生まれさえすれば、ちゃんとした家族になれるんじゃないかと思ってた。いや、思いたかったんだよ」

「そうだよ！　当たり前じゃん。そしたら、みんなで楽しく暮らせるんだから！　なんか今までゴメンね。ミカ、ちょっとしんどくてワガママ言いすぎたよね。くるみたんにも謝らなきゃだ」

えへっと泣きながら笑って見せるミカに、小山の気持ちがぐらつくのが、傍目にもありありと分かる。

「やれやれ、子供が生まれさえすればぜーんぶ丸く収まってめでたしめでたしってかいな。何ともはかない希望やなあ。小山はん、アンタが気の毒になってくるわ」

揶揄するように鈴子が言った。途端に、ミカが顔色を変えて、きっと睨む。

「なあ、小山はん。アンタの理想やった家庭はホンマにそんなんやったんか？」

小山は苦しそうに顔を歪め、腕を絡ませているミカを押しやる。

「違うんだ、ミカ。僕は子供たちの母親じゃなくて、子供たちの歩みも含めて、嬉しいことも悲しいことも全部まとめて、人生を分かち合える人を探してたんだ」

「は？　何それ。私はそうじゃないっての？」

「違う……」

ばしっ、ばしんっと乾いた音が響く。ミカが小山の顔を平手打ちしたのだ。

「信じられない、このゴミクズっ。訴えてやる。慰謝料めちゃくちゃ請求してやるからな」

「やめなはれ。見苦しい」

鈴子だ。

「そのお腹の子、誰の子や？　ウチは時々流しで占いやっててんねんけど、前にどっかで何やら聞いた気がするなぁ。あんたも何や言うてたし、隣のお友達も何やら耳打ちしてくれはったで」

鈴子のとぼけた物言いとは裏腹に、たちまちミカの顔が青ざめる。

「ちょっと。占い師には秘密を守る義務があるんでしょ。アンタ、そう約束したじゃない」

「そらまあ、占い師としてはそうやな」

鈴子はゆっくりうなずいた。

「せやけどな、この男はウチの大事な孫の父親であり、亡くなった娘の元亭主や。たとえこれで全宇宙占い師連盟日本支部から追放されたかって、ウチには後悔ないんやで」

凄みのある鈴子のまなざしに、ミカは唇をかんだ。どうやら、本当にミカのお腹の子は小山の子供ではなかったようだ。

「うえっ、うえええんっ」

ミカは子供のように泣きじゃくり、畳の上で転げ回って叫ぶ。

「なんでみんなで邪魔するんだよおおぉお。幸せになりたかっただけなのにぃい」

畳に拳を叩きつけ、絶叫を続けるミカと、それをなだめながら「ミカちゃん、また頑張って幸せ探そうよ。私も応援するから」とミカの頭を撫でているまあさの満足そうな黒い笑みが印象的だった。

ちなみに、後日聞いたところによると「ああ、全宇宙占い師連盟ゆーのんはありまへんよってに。あしからず」だそうである。

数日後の深夜、澄香はふかふかしたベッドに横になったまま、いっこうに寝つけないでいた。

小山家と神崎家の騒動は解決に向かっているようだが、澄香の心身はまだまだ回復にはほど遠い状態だ。

「人は塵《ちり》からうまれ、塵に返る」

しょせん、人間など塵のようなものだ。

「謝肉祭のどんちゃん騒ぎのあとで、死について考えるわけだ。人間、いつまでも生きちゃいないから」

澄香にこの話をしたのは中学の時の社会科教師だった。澄香が中学二年の時に赴任して来た若い男性教師だ。

理想に燃える彼の目には、その学校の空気はずいぶんと閉鎖的なものに映ったようだ。

彼の授業は脱線を重ね、しかし子供たちの興味を逸《そ》らさなかった。授業だけではない。課外活動も、放課後の生活指導においてさえ、彼のやり方は型破りで情熱的だった。生徒からの人気は絶大で、一部の保護者からも支持を得ていたが、当然、快く思わない者も多かった。曲がりなりにも社会人としての経験を積んできた今、振り返ってみると、彼は若すぎたのだと思う——。

澄香はベッドから起きあがった。風の音が耳について眠れない。

春先の風の強い夜だ。蚕棚のように狭い澄香のマンションではなかった。今夜、澄香は藤村のマンションのゲストルームにいる。

藤村は予定を早めて退院した。本来であれば、まだしばらくは入院しているべき状態らしいが、本人いわく「病院にはもう飽き飽きした」そうで、往診医による術後管理と自宅リハビリを条件に、無理やり退院して来てしまったのだ。

「あんなとこは早く出るに限るよ。何しろ一日中、お前は病人だって暗示をかけられているようなものだからね」

冗談めかしてそう言いながら、リビングに置いた介護用ベッドに半身を起こし、彼は仕事をしていた。

リビングの家具にかけられていた布は、退院に合わせて呼ばれた家政婦によって、すべて外されている。カーテンも開け放たれ、床から天井まで届く大きな窓越しに、植栽の緑が見えた。

この家の玄関から続く廊下を抜けると、リビングの扉があった。重厚な木でできた両開きの扉で、ちょっとした劇場の入口のようだ。扉を開けると、小さなステージを重ねたような階段状のフロアが二段、その先にダンスパーティーでも開けそうなリビングルームが拡がっている。

中央に、藤村のベッドがぽつんと置かれている。彼はそこで眼鏡をかけて、見にくそうに目を細め書類のチェックをしていた。

一時は命さえ危ぶまれた大ケガだ。それに続く一月《ひとつき》の入院生活のせいもあるのだろう。彼は一回り小さくなった印象だった。老《ふ》けたと言ってもいいのかもしれない。退院前に病院の理髪店に寄って来たとかで、こざっぱりした感じではあるものの、以前よりずいぶん白髪が増えたようにも見えた。

仕事をしている人に話しかけるのも憚られるが、手持ちぶさたで落ち着かない。澄香はソファに座って、家政婦の淹れたお茶を飲みながら、何とはなしに藤村のベッドの方を向いていた。

西側に開いた窓から夕日が射し込んで、藤村のいるベッドの周囲を赤く照らす。

ふと、藤村のベッドが波間を漂う小舟のように見えて、澄香はあれ？　と思った。

中学の時、アメリカの港町を訪ねたことがある。当時、年の離れた姉、布智がアメリカの大学に留学中で、中一の夏休み、澄香も近くのカレッジで行われる特別プログラムに参加したのだ。

休日、珍しい客船が出港するというので、姉やその友人たちと港へ見学に出かけた。色とりどりの紙吹雪が舞う中、数え切れない程の紙テープを引きずり、音楽隊の演奏に送られて、きらびやかな客船は静かに離岸していった。

宴のあとの空虚な気分とでも言うのだろうか。いくらか物足りず、別の港に立ち寄った。そこで澄香が見たのは、不思議な光景だった。

退役した古い軍艦が幾隻も集められているのだ。

夕日を見るのも目的の一つだったのか。多国籍の学生たちがわいわい言いながら写真を撮っているのを横目に、澄香は少し離れた場所にいた。ぽつんと一隻だけ係留された船に興味を惹かれたのだ。錆《さび》の浮いた船体に夕日を浴びて、赤く輝いている。もうとても旅には出られそうにない朽ちた軍艦だった――。

なんか不思議だなと、ソファにもたれて澄香は考えている。

二十年も前に見た光景だ。それ以降、一度も思い出すことがなかったのに、今、リビングで夕日を浴びる藤村のベッドが、何故かあの日の景色に重なって見えたのだ。

華やかな客船と、どこにも行けず静かに朽ちていく古ぼけた軍艦の姿。そんな記憶が鮮明に浮かび上がって来たことに驚く。

どこにも行けない船か……。

風の音が気になって眠れない。いや、寝付けないのはこのところずっとそうなのだが、今夜は特に慣れない環境のせいかもしれない。

そもそも、左門と一緒にこの家に足を踏み入れた時から、澄香は妙に落ち着かないものを感じていたのだ。その感じは今も続いている。ただでさえ、ここのところ不安定な状態が続いているのだ。神経が高ぶり、とても眠れそうになかった。

澄香は足音をしのばせて廊下を歩き、劇場のような扉をそっと押し開け、リビングに下りた。藤村の希望でカーテンを開けたままにしたリビングには、中庭を照らす青っぽい光が射しこみ、リビングの床は水の底に沈んでいるようにも見えた。

夜中に突然、容体が急変して死ぬことだってあるかもしれないという彼の言葉を真に受けたわけではなかったが、少し気になっていた。

藤村は息をしている。それを確かめた澄香は、彼のベッドの傍の椅子に腰をおろした。

夜這《よば》いに来たわけではもちろんない。そもそも澄香が今夜ここにいるのは、藤村が「今夜だけでいいから泊まっていってくれないか」と懇願《こんがん》したせいだ。澄香が断らなかったのは、自分自身の気持ちに決着をつけたいからでもあった。

藤村の生命が危ういかもと聞いた時、澄香が抱いたのは、ちょっと不可解な感情だった。バレンタイン前日、自分の誕生日でもあったあの日、駆けつけた救急病院は不安に満ちた場所だった。手術が終わるのを待つ家族のための控え室は、大切な誰かの生還を祈る人のために用意された聖域だ。その中にいて、澄香一人が異質だった。

澄香が感じていたのは、ただただ焦燥だけなのだ。

指輪を返さなければならないのはもちろんのこと、もしこのまま彼が死んでしまったら、自分は永遠に謝れなくなるのではないかと焦る。焦れば焦るほど、不安に押しつぶされそうになって、無性に喉が渇いた。

謝れなくなる？　でも、何をだろう。その答えは今もって、澄香にはよく分からない。

指輪を預かったままにしているのは無論よくないことだが、澄香はきちんと彼に自分の気持ちを伝え、断ってきたつもりだ。

もっとも、正直に言ってしまうと、少しだけ気持ちが揺れたのは事実だ。仁が自分の前からいなくなってしまった今、このまま藤村が以前のような猛プッシュを続けたとしたら、いつかほだされてしまうかもしれなかった。

だからといって、気を持たせたり、思わせぶりな態度を取ったりしたつもりもない。少なくとも自分では、彼にとって不誠実なことをしたつもりはないのだ。

水底のようなリビングで、澄香は他人である男の寝顔を見ている。いや、見てはいない。澄香が見ているのは、藤村が横たわっている小舟のようなベッドであり、水底のようなリビングだ。

ここは懐かしい匂いがする。

不思議だ。客用のベッドルームでは感じなかったのに——。ここでなら、少し眠れる気がする。

そう思い、目を閉じた。

藤村の匂いが懐かしいのは、中学の時のあの社会科教師に似ているからだ。

自分の内側、奥深くから、そう囁く声が聞こえた。

は。そんなこと言われるまでもないわよと澄香はその考えを払いのける。

もうずいぶん前から、自分はそのことに気付いていたような気がする。

ずっと、気が付かないフリをしていただけなのだ。


中学の時、澄香は今とはずいぶん印象の違う少女だったはずだ。澄香の卒業した小学校は何よりも個性を重んじる校風だったし、年の離れた姉の影響で、はっきりと主張をする癖がついていた。

澄香にとって不幸だったのは、学区の関係で、同じ中学に進学した友人がきわめて少なかったことだ。

活発で物怖《ものお》じしない澄香は、ある意味で帰国子女に近い印象を与えていたようだ。つまりKY。いや、空気を読まないどころか、我が身を取り巻く同調圧力の存在に気付こうともしなかった。

成績も悪くなく、教師の覚えがめでたいことも裏目に出たようだ。やることなすこと、ことごとくが周囲の生徒のカンに触るらしかった。

澄香が発言するたびに、遠慮のないブーイングが起こるようになり、周囲からは友人たちが一人、二人と消えていった。二年になり、気が付いた時には、澄香は完全にクラスで孤立していた。

それでも澄香が登校をやめなかったのは、例の社会科教師の存在があったからだ。

そもそものきっかけは四月、赴任して来たばかりの彼に図書室の場所を聞かれ、案内したことだ。

彼は澄香に名前を聞くと、ヤマダスミカ、ヤマダスミカと何度も呟き、言った。

「山田澄香は将来、何になりたいんだ?」

初対面の教師に突然問いかけられ、面食らいつつ、澄香は答えた。

「えっと、世界を回る仕事ですかね」

「ん、どんな?」

「船に乗りたいかなって思ってます」

この頃、澄香はかなり真剣な進路として商船大学を考えていた。おそらく前年にアメリカで見た客船の出港シーンと、その折に姉が語った日系移民の話が頭にあったせいだろう。

女子中学生の将来の夢が船乗りというのはずいぶん風変わりに思われるようだ。夢物語かと軽くあしらわれたり、女の子はハンディがあるんじゃないの？　などと苦笑する大人もいたが、彼は違った。

「へえ、航海士とかか？　面白いじゃないか。よしっ。先生、全力で応援するぞ。その代わり、将来、船に乗せてくれよな」と明るい笑顔で言ったのだ。

授業がはじまると、彼は澄香の置かれた状況にいち早く気付き、いかにも直球勝負の彼らしく、クラスメイトに向かって熱い言葉で呼びかけてくれた。当然のことながらそれは逆効果だ。

彼が何かすればするほど、澄香の孤立は深まっていく。澄香は追い詰められていった。

二学期の終わりには、もう将来など考えられなくなるほど、目の前の時間が苦痛になっていた。

自分の無力さを申し訳なさそうに澄香に詫びる中で、彼の意識の中の何かがぶれ始めているのに澄香は気付いていた。

本心では、彼は逃げたいと思ってる――。

けれど、澄香は全身で彼に寄りかかるほかに自分が救われる術《すべ》を知らなかった。

もし、彼の存在がなければ、もっと早い段階で限界を迎え、登校を拒否するか、あるいは別の形で親に助けを求めることができたのかもしれない。だが、当時の澄香は、自分の置かれた状況を親に話すことができなかった。惨《みじ》めに踏みつけられた自分の姿を知られたくなかったのだ。

逃げ場は彼だけだった。依存したといってもいいだろう。

当時まだ二十代半ばだった彼もまた、澄香に対して適切な距離を保つことができなかったようだ。溺《おぼ》れる人を救助しようとして、共に沈んでいくようなものだったのだ。

彼の傍にいて、彼が自分だけを見ている。外界がどれほど過酷なものであったとしても、その懐かしいような眠くなるような彼の匂いに包まれている時だけは、心から安らげた。

澄香はあれを恋愛だったとは思っていないし、実際、それに類する関係があったわけではない。だが、客観的にはそうとしか見えなかったのだろう。澄香が特に大人びて見える少女だったことも災いした。女子中学生と男性教師の恋愛スキャンダルはやがて学校中の知るところとなり、澄香は彼と引き離された。そのあと、彼は教職を辞し、数ヶ月後、澄香は風の噂で彼が亡くなったことを知った。

自殺だった。

誰も澄香を責めはしなかった。彼と引き離された日を境に澄香は完全に不登校の状態になっていたし、大人の目から見て、責任を問われるべきは中学生の方ではなかったからだ。

もし、自分が彼の生徒でなければ、彼は死ななかった――。

いや、そうではない。生徒だったからではない。もし、自分が女でなければ。男子生徒だったならば、そもそもこんなことにはならなかったのだ。

そう思った。

それ以来、澄香はどんどん女になっていく自分の身体の変化を受け入れがたく、食事を受けつけなくなった。そうかと思うと猛烈な食欲に襲われ、大量のケーキや菓子類を食べては戻す。

自分でもダメだと思うのに、どうすることもできなかった。

「人は塵《ちり》からうまれ、塵に返る」

その言葉を、彼の声を、頭の中で反芻《はんすう》し、どうにか心の平穏を保つ。

「謝肉祭のどんちゃん騒ぎのあとで、死について考えるわけだ。人間、いつまでも生きちゃいないから」

心配した親にカウンセリングに連れて行かれ、ようやく澄香は少しずつ心の整理をつけることができるようになった。

半年後、長かった髪を切り、少年のようになった澄香は遠くの私立中学に転校した。転校先で、澄香はそれまでとはまったく別の自分を演じていた。さばさばと物わかりが良くてノリのいい、恋愛とは無縁の〝イイ奴〟であろうと努力した。言動にも気をつけた。これといって突出したところのない、ごく普通の生徒に見えるよう、注意深く振る舞ったのだ。

航海士になる夢は捨てた。

当然だろう。自分の夢を応援してくれた唯一の味方だった人を死なせてしまったのだ。どうして自分だけが夢を追えるだろう。

拒食症の治療には長い時間を要した。ようやく、もう大丈夫だと言えるようになった頃、澄香は自分が以前どんな夢を抱き、どんな個性の少女だったのか、すっかり忘れてしまっていた。

いつしか再び髪を伸ばし、あれほど忌避《きひ》した女であることにも慣れた。

その方が「普通」だったからだ。

藤村の傍にいる時、澄香は奇妙な安堵《あんど》感を覚える。

彼が中学の時の社会科教師とダブって見えることがあった。匂いのせいだろうか。

あの時の先生の顔はもう、ぼんやりとしか思い出せないが、どこか藤村と似た面差《おもざ》しだったような気もする。特に、おどけた顔だ。二月に藤村が「おりおり堂」で落語を披露した際に見せた、それまでのすまし顔とはまったく違う表情に、澄香は妙に胸がざわつくのを感じていた。

もしかして、彼は本当は死なずに生きていて、今、藤村と名乗って、澄香の前に再び現れたのではないか？

実際には年齢も違うし、声も癖も違う。そんなはずはないと分かっているのに、同時に、頭のどこかでそうあってくれればどんなにいいかと考えている自分に気付くのだ。

皮肉なものだなと澄香は思う。藤村が澄香に亡くなった妻をダブらせて見ているのと同様、自分は彼に先生の面影を見ていたのだ。


翌朝、藤村のリハビリがてら散歩に出かけた。といっても、マンションの敷地に沿って、ぐるりと一周する程度だ。

時刻はまだ早い。六時前だ。三月も後半に入ったとはいうものの、この時間、まだ完全には夜が明けきっていない。藤村は杖《つえ》をつきながら、ゆっくりと歩いていた。歩くだけで息があがってしまうので、会話はなしだ。

藤村を襲った犯人は先日逮捕された。とはいえ、そんな目に遭うようなやり方をして来た男だ。他にも恨みを募らせている者がいないとも限らない。そう考えると、人通りの少ない時間帯に外を歩くのは危険な気がするが、こんな姿をとても人には見せられないと藤村が言うので、仕方なく澄香は彼の傍らで歩調を合わせている。

これはやはり、澄香がボディーガードということになるのだろうかと考え、つい笑ってしまった。一年間、澄香はずっと仁の虫除け兼ボディーガードをしてきたのだ。

仁さん、今頃どうしてるかなあ――？

ふと考えた瞬間、懐かしさがこみ上げて、泣きそうになる。

「どうしたの？」

藤村が立ち止まり、振り返る。

「いえ、何でもないです」

首をふった瞬間、向こうから歩いて来る人影に気が付いた。背の高い男だ。

まさか、本当に暴漢が⁉　一瞬身構えた澄香は、次の瞬間、ウソでしょと思った。

「おや」つぶやいたのは藤村だ。

「仁さんじゃないか」

のんきそうな声を出す藤村の後ろで呆然と立ち尽くす。

夢でも見ているのではないかと、澄香は思った。


仁が重湯《おもゆ》を作ってくれた。

土鍋にほんの少しの米、あとはびっくりするぐらいたくさんの水を入れて煮るのだ。

「え。おかゆですか？」

「重湯だ」

澄香の問いに、ぶっきらぼうに答える。彼のことをよく知らなければ、怒っているのかと思ってしまうような、愛想のカケラもない声だ。

ううう、しびれる。久々に聞く仁さんの低音ボイス——。

前と同じように仁の隣に立ちながら、澄香は感激している。

頭の中に何かとても気持ちのいい物質が拡がっていくような感覚があった。脳内を覆っていた重い雲のようなものが、すうっと晴れていくのだ。

樟脳《しょうのう》だ。澄香は思い出した。仁の声には、メントールのような爽快感があると、以前にも感じたことがある。今までの鬱屈《うっくつ》したものが嘘のように消え、気分がいい。

「重湯って、何か重病人のイメージなんですけど」

思わず笑いながら言う澄香の軽口に、仁は鍋から目を離し、険《けわ》しい顔をこちらに向けた。

「俺には十分、重病人に見えるが」

「えっ。藤村さんがですか？」

聞き返す澄香に、「違う」と即座に否定する。

「お前のことだ」

昨夜、用があって「おりおり堂」に戻った仁は、店先に陣取るバンシー鈴子に驚き（彼女はまだこちらにいる！）、桜子から澄香の状況を聞いて心配して来てくれたのだ。

「ついでに藤村さんのお見舞いも」と、やや面倒臭そうに言う仁に、藤村は大袈裟に肩をすくめて見せた。

藤村が揶揄するような声をあげる。

「へえ、そうなの？ それでわざわざウチに来てくれたのか。こんな朝早くに？ もし僕たちが同衾《どうきん》してたら、仁さん、君、一体どうするつもりだったんだい？」

「こんなにやせた病人のような彼女を？ あなたのような紳士のすることじゃないでしょう」

怒気を含む仁の反応に、藤村は愉快そうに目を細めて笑った。

「ふーん、それはそれで逆に感心するね。よくまあ、しゃあしゃあと顔を出せたもんだ。彼女をこんなにしておいて」

彼女とは自分のことか？ 思わず首を傾げる澄香の顔を正面から見下ろし、仁はわずかに顔を歪めた。痛々しい傷でも見るような顔だと、澄香はぼんやり思う。

傷というヤツは、と澄香は考えている。自分が負ったものなら相当な深手であっても、結構平気で人に見せびらかしたりもしたくなるのに、他人のものを見ると、ひぃいいいと足下から寒くなるのは何故なのだろう。

「本当は時間をかけて僕が癒やしてあげるつもりだったんだが……。まあいいだろう、仁さん、責任取って何とかしてから京都に戻りたまえ」

藤村の言葉に、思わず仁と顔を見合わせてしまった。

時間の止まったようなキッチンの封印は家政婦によって解かれていた。

仁は藤村に断って重湯を炊いている。気の長い仕事だ。ごく小さいとろ火で、ことこと、る。

ことこと煮込むのだ。仁は無言だ。鍋の前に立ち、時折かき混ぜながら、火加減を見ている。

静かに時間が過ぎていく。仁の傍らに、ただいるだけで澄香は幸せだった。

一時間も経っただろうか。土鍋の中で半透明になった湯にはとろみがついて、ふつふつと煮えている。仁は静かに上澄みをすくい、分厚いカップによそい、澄香にくれた。

「熱いから」

それだけの言葉なのに、ひどくやさしい。幸福感に涙が出そうだった。

木のスプーンで口に運ぶと、わずかな塩味のついた米の香りがふわりと拡がる。あたたかい。じんわりと身体にしみこんでいくような気がした。

まるで、雪山で遭難した人のようだと澄香は思う。がちがちに凍っていた内臓が少しずつ、少しずつ溶けていくのだ。食物をほとんど受けつけなくなっていたのが嘘のように、すうっと喉から下へ流れ込んでいった。

「ごめん」

仁は小さな声でつぶやくように言った。

驚いて見上げると、彼は左手の甲で目を覆っていた。ごしごしと乱暴に目をこすると、いつも通り、クールな彼の顔になる。

キッチンに、いい匂いが漂っている。仁が寸胴鍋で鶏ガラと玉ねぎ、にんじん、セロリを煮ているのだ。丁寧にアクを取り、ブーケガルニを加える。

「これはどのぐらい煮るんだい？」

カウンターキッチンの向こう側で藤村が訊く。彼は例の写真立ての前でハイチェアーに腰かけて、頬杖をついていた。

「そうですね。四時間、いや、三時間は」

は、と藤村は驚いたような声をあげた。

「気の長いことだ。君たち料理人というのは、まったく尊敬に値するね」

「しかし、奥様も相当、料理に手をかけておられたのでは？」

唐突な仁の言葉に藤村は驚いたようだ。

「ああ、そうだな……。晩年はそうだった」

写真立てに目を落としていたのだろう。こちらからはよく見えないが、うつむき加減の藤村が、何かを思いついたように顔をあげた。

「そうか。仁さん、台所を見ると、その家の主婦の腕前が分かるわけか」

「いえ。腕前までは……」

仁は首をふる。

「じゃあ、何なら分かるんだ？　その家の幸せ指数とかかい」

「幸せ指数？」面白い言葉だなと思い、澄香は反芻した。

「そんなの分かるわけないでしょう」面倒そうに仁が言う。「ちょっと前までは分かった気になってたけど、実は何も分かっちゃいなかったってことが分かったところですよ」

「あの。仁さん、それってもしかして小山さんとか、神崎さんのお宅のことですか？」

おそるおそる訊いたが、彼はそれには答えなかった。

代わりに呟く。

「みんなの幸せを壊したのは俺だからな」

そんなことを考えていたのかと、澄香はびっくりした。

「は。そりゃまたずいぶんな思い上がりだな」

藤村が冷たく言い放つ。

「あえて言わせてもらうが、一介《いっかい》の料理人ふぜいに他人の幸せを左右する力なんかあるのか？　は、馬鹿馬鹿しい。そんなわけないだろう」

何を言っているのだ、この人は――？

藤村の真意が見えないままに、澄香は反射的に返していた。

「そんなことないですよ。仁さんのお料理はお客様を幸せにするためにあるんだから」

「もういい、山田」

仁が軽く首をふる。

「もういい、山田か」吐き捨てるように藤村は言った。「君はいつもそうだな。カッコつけて言葉を呑み込んで、自分だけが耐えればいいと思ってるんだろ。そんな強がりが男らしいなんて思うなら、大きな勘違いだ。今すぐ男なんかやめちまえ」

鋭いまなざしで藤村を見返すものの、仁はやはり無言だ。

「いいか、仁さん。言葉ってのは相手に気持ちを伝えるためにあるもんだ。黙ってちゃ分からないぞ。きちんと本当のことを彼女に言葉で伝えてやれ。女性を不安にさせて、傷つけるような男らしさがあるもんか」

本当のこと？

澄香は思わず仁の顔を見る。

彼はやはり痛ましそうに澄香を見下ろすばかりだった。


ベーコン、ジャガイモ、玉ねぎ、小かぶにアスパラガス。仁は丁寧に野菜の皮を剝き、それぞれの特性に応じた形で包丁を入れる。

遅い午後だ。隣のコンロではまだブイヨンを煮ている。

仁は今夜にはまた京都に戻ってしまうらしい。澄香は仁に話したかった、「バンシー鈴子プロデュース・区民センターの夕べ」の顚末《てんまつ》を聞かせていた。

「もし、再婚相手が亡くなった瑞絵さんの思い出を尊重してくれるような人だったら、俺のその友人は、かつて理想とした家族の形に戻れたと思いますか？」

カウンターの内側から、仁は藤村にそう訊いた。

藤村は仁の隣にいる澄香の顔をちらりと見上げ、溜息をついた。

「ダメだろうな。いや、ダメってこともないが、以前とまったく同じものでは絶対にない。そこを弁《わきま》えておかないとまた失敗するんじゃないか」

「では、彼はどうすればいい？」

仁の問いに藤村は唇に手を当て、考えるようなそぶりを見せる。

「そう……。限りなく似たものを作るか、まったく異なるが、それはそれで幸せと思えるものを作り上げていくか、だろうな」

「再婚すべきだと？」

「さあ、それは分からないよ。そりゃ人それぞれだ。亡くなった奥さんに代わる優しい母親が見つかればいいが、案外、彼の求めているのはそこじゃないんじゃないか」

わずかに首を傾げる仁に、藤村は、やれやれと言いたげな顔をして説明を始めた。

「配偶者を亡くした欠落感というのは、我が身の半分をもがれたようなものなんだ」

妻を失った時、自分は二度と再生できないだろうと思った。そう言うのだ。

藤村はレンジに載った寸胴鍋を見ている。

「その男はまだ幸せだよ。子供の成長を追うのが辛いとは言うが、私に言わせれば、それで気が紛れてることを知らないだけだ」

　本当に足りないものに気が付いた時、小山は改めて深い喪失感に沈むだろうと、藤村は予言めいた言葉をつぶやく。

　仁はレードルを持つ手を止めた。鍋から離れ、カウンター越しに覗きこむような格好で、藤村の顔を見る。

「藤村さん。こんな風に思い出の中で暮らし続けるのは辛くはないですか？」

　藤村は少し意外そうな顔をした。ややあって、にやりと笑い「辛いね」と言う。

「この檻《おり》の中にいて、私はどこへも行けない」

　藤村の妻が最後に作った料理はビーフシチューだった。彼女はビーフシチューを作り置いて、旅に出た。

　妻の突然の死にまともな思考力を奪われ、呆然としながら部屋に戻った藤村は鍋に残ったままのシチューを見つけた。

「ちょうど君が今作っているような、恐ろしいほど手間のかかるやり方だったよ」

　藤村は頰杖をついて言う。

「彼女は恐ろしいほど家事に時間をかけていた。……それが彼女の哀れな晩年だ」

「哀れな？」

思わず澄香は聞きなおした。

「そう。いつの間にそうなったんだろうな。僕は彼女の変化に気付かず……いや、そうじゃないな。それこそ向き合うのを恐れて気付かないフリをしていた」

太津朗さん夫妻と大差ないなと言って、藤村は自虐的な笑みを浮かべる。

意外なことに、元々、藤村の妻は家庭的なタイプではなかったそうだ。とても仕事のできる人で、合理的かつ大局的な物の見方をする。サバサバとした性格で、明るく、常に前向きで楽観的。ビジネスパートナーとしても私生活のパートナーとしても申し分ない女性だったという。

「僕たちは結婚しても子供を持つつもりはなかったし、このまま良き伴侶として人生を歩いていくつもりだった」

戦友みたいにね、とつぶやき、藤村は表情を翳《かげ》らせる。

「同じ道を歩いているつもりだったのに、いつの間にか軌道がずれていた」

藤村は顔をしかめて脇腹を押さえた。傷が痛むのだろうかと案ずる澄香に彼は笑いかけて言う。

「いや、澄香さんには正直に話しておこうかな。全部、僕のせいなんだ」

「え？」

自他共に認める愛妻家だった藤村だが、一時期浮気をしていたことがある。とはいえ、家庭を壊すようなつもりは毛頭なく、遊びと割り切ったものだった。

「ま、それ自体、男の勝手な理屈だが」

妻にバレることはないと藤村は高《たか》をくくっていたが、どうやら感づかれていたようだ。正面切って責め立てられることはなかったものの、その頃を境に少しずつ彼女は変わっていった。

「当時は妻の変化に戸惑うばかりで分からなかったけど、今にして思えばあれが分岐点だったんだろうな」

遠い目をして藤村はつぶやく。

やがて、彼女は別人のようになった。その時点で三十代後半だった彼女は急に子供が欲しいと言いだし、仕事も辞めて不妊治療に励むようになった。そして、それまで外注していた家事に時間をかけるようになったのだそうだ。

「それはある意味、僕にとっては重荷だった。まるで意趣返しをされているようでね」

戦友から女になった妻の変化にとまどい、藤村は彼女の前から逃げ出した。向き合うことを避ける夫を連れ戻そうと、彼女はさらに手の込んだ料理を作り、家事に励み続ける。

そして、ある日、消えた。

ビーフシチューを煮込んでいる最中、ふと思いついたみたいに、エプロンを外し、読みかけの雑誌を置いたまま旅に出たのだ。

「あの。それって事故、だったんですよね？」

喉のあたりに何か引っかかったようなヘンな声が出てしまい、つっかえながら澄香は言う。

「ああ、そうだ。だが、あの時、旅行に行かなければ妻は事故には遭わなかっただろう。そうさせたのは僕だ」

藤村はのろのろと首をふった。これもまた、操り人形のようだと澄香はぼんやり思う。だが、ここには操る人間はいない。彼は自分を操るための糸に絡みつかれ、がんじがらめになって動けずにいるのだ。

ことこと煮込んだ洋風おでんができあがった。仁が湯気の立つスープをレードルですくい、金の縁取りのある豪華な皿に注ぐ。

これを食べ、片付けを終えてしまうと、仁は帰ってしまうだろう。彼とこうやって並んで料理をするのは、もう最後かもしれない。そう考えると、うっかり涙が滲み、澄香は慌てた。

「大丈夫か？」

気づかうような仁の声が聞こえる。

「え。大丈夫ですよー。ちょっと湯気が目にしみて」

澄香は、えへへと笑い、強がって見せる。

澄香はトレイに載せた皿をダイニングへ運ぶ。

ことりと皿を置くと、藤村が「ありがとう、澄香さん」と言った。勧められるままに藤村の向かいに座る。仁が澄香と自分の分を運んで来て、澄香の隣に座った。些細なことだが、傍らに彼の気配があるだけで嬉しい。

スプーンで少しすくって口に運ぶ。

正直なところ、澄香にはちゃんと食べられるかどうか不安があったのだが、杞憂《きゆう》だった。

優しい味だ。鶏がらのこくのある出汁にベーコンから溶けだした脂、絶妙の塩加減。ほっくりと煮上がった野菜は甘く、大地の香りがする。お正月にいただいた和風のおでんとはまた違い、素材の味をより強く感じる仕上がりだ。

朝方、仁が作ってくれた重湯に溶かされた身体が、今度はことことと長い時間をかけて炊かれたおでんの滋味で満たされていく。

「は。おいしいな、久々においしいものを食べた気がするよ」

まだ病人食の域を脱することができない藤村も満足げな声で言う。

「もったいないな。これほどの腕があるのに、料理の世界から身を引くなんて」

藤村のつぶやきに、澄香はびくりとした。

「何の話ですか、それ」

「仁さんさ。料理人辞めるつもりだそうだよ。前に京都で会った時、そう聞いたはずだが、そのあと、気が変わった？」

「いえ」

隣で首をふる仁を見て、藤村が意味ありげに笑った。一瞬、彼は澄香が考える以上に仁のことを知っているのではないかと思ったが、質《ただ》すべき相手は藤村ではない。

「なんで？　仁さん、〝こんの〟に戻ったんじゃないんですか」

悲鳴のような声をあげる澄香に、仁は「いや」といって、大きく息を吐いた。

仁はスプーンを置いて、テーブルの向こうの藤村の顔を見る。

「藤村さん。さっき、小山さんの家族のことを、限りなく似たものを作るか、まったく異なるが、それはそれで幸せと思えるものを作り上げていくか、だとおっしゃいましたよね」

「ああ、言った」

「もし、もしも山田をここに迎えるなら、どっちですか？」

一瞬、澄香は仁の言っている意味が分からなかった。分からぬままに、だが何か無性に腹立たしいものがこみ上げて来るのを覚える。

「仁さん、何言って……」

「もし、あなたが山田を奥さんの身代わりだと考えるなら、やっぱり山田を渡すわけにはいかない」

「ほう、驚いたな。僕に譲ってくれる気があったわけか」

「仁さん?」

藤村がくっくと笑った。

「じゃあ言おう、僕はもう二度と間違わない。どんなことがあっても彼女を幸せにする。それは胸を張って言える」

この人たちは一体何の話をしているのか? 澄香は信じられない思いで仁を見た。

仁は藤村の言葉にうなずき、目を伏せる。彼は黒くひんやりしたテーブルの上で両手の指を組んでいた。きれいな長い指だ。節の目立つ男性的な指。一年前、初めて「おりおり堂」で出会った時の印象そのままだ。

あの頃は、こんなにこの人を好きになるとは思ってもみなかった。

そして、左手の傷——。

「ちょっとすいません。冗談じゃないんですけど。勝手に決めないでもらえますか」

思わず澄香は立ち上がる。

「大体なんなんですか? 〝こんの〟に戻らない、料理人を辞めるって何? 仁さん、話が違うよ。私、仁さんが〝こんの〟に戻ると思ったから諦めたのに」

とは言うものの、実際には全然諦められてないよな……。

そう思った瞬間、ぐらりと世界が回った。

「おい」仁の声だ。

ぐにゃりと足から力が抜けた。ああ、このまま倒れるとおでんが、おでんがこぼれる。もったいない。反対側に倒れなきゃと思う一瞬、澄香は力強い腕に抱き止められていた。

「まったく、このバカ」

怒ったような声がする。

は？　何？　バカって何？　私のことか？　バカというのは馬と鹿と書いて馬鹿と読む。などと、頭の一部でつまらないことを思いつつ、澄香は我が身に生じた異変を感じ、パニックになっていた。実際、めまいや立ちくらみはここのところ澄香にとって非常に親しい感覚だ。珍しいことではない。そりゃそうだろう。食べられない、眠れないでは、そうならない方がおかしい。異変はそこではなかった。身体がふわりと浮いているのだ。

何ごとだこれは。これってもしかして、今、私は仁さんに抱き上げられているのだろうか？　いわゆるお姫さまだっこというものではないのか。

気を失ってはダメだ。ゾンビの分際でこんな……こんなシチュエーションがあるなんて。もったいない。目を開けるんだ。

薄れていく意識に抗いながら、澄香は必死で叫んでいた。

遠くで藤村の声が聞こえる。仕事のことを話しているようだ。

ちょっとうるさい。

納期がどうとかどうでもいいから——。

徐々にはっきりしてくる意識の中で、澄香は妙な違和感を覚えていた。

今、自分は一体どこに？　横たわっているようだが、眠っていた？　なんで藤村さんが？　あ、そうか。藤村さん宅にお泊まりして、ん？　声からは少しばかり距離があるようだ。ええと？　では、自分が枕にしているこの柔らかすぎず固すぎない実に具合のいいものは一体……？　そして、誰かが髪に触ってい、る？

思わず、目を開けた。

「あ、気が付いたか」

ほっとしたような声。

肩越しに上を見る。まさかそんなと思ったが、やはりそこに見えるのは仁の顔だ。

澄香は横向きにソファに寝かされ、肩まで毛布がかけられていた。

神社や富士山のご来光など、世の中にありがたい場所は沢山あるが、今、澄香がいる場所ほどありがたいところはあるまい。畏れ多くも山田澄香が枕にしているのは、超絶イケメンの膝だった。ついでにいうならば、澄香の髪を優しく撫でていたのは仁の指ということになる。っておい。マジか、おい。

あまりのことにうろたえて声も出ない。

ああ、そうかと澄香は悟った。これはきっと、さっき倒れた時に打ち所が悪くて死んだのに違いない。だから、ここは天国で、自分に都合のいい夢を見ているのだ。それにしても、何と浅ましいことだ。仁の穿《は》いているデニムの感触、彼の体温、そして何よりも慣れ親しんだ彼の匂いがリアルすぎる。

「おい、山田。大丈夫か？」

頭の上で仁の声がする。

「はあ……」

あまりのことに間の抜けた声が出てしまった。

夢ならば堪能したいところだが、どうやらこれは現実のようだ。起きなければ、自分ごときがこのような場所に収まっているなどあまりにも厚かましい。しかし、身体は全力で抵抗していた。この夢のような枕に一秒でもしがみついていようとあがくのだ。

「山田。そのままでいいから聞いてくれ」

「は、はい」

血圧が急上昇し、今にも血管が破裂しそうな澄香に向かって仁が語り出したのは、意外な話だった。

「前に由利子が言ってたことがあるんだ。結婚は船出やよね、仁って」

仁の関西弁があまりにも可愛くて萌え死にそうになりながらも、澄香は軽い嫉妬《しっと》を感じる。

去年の六月、ワガママ花嫁の結婚式のあとで、彼が同じセリフをつぶやいたことを澄香は覚えていた。自分の持論でもあるそれを、仁に言ったのは誰なのだろうと、ずっと思っていたのだ。もしかして、仁の婚約者、由利子だろうかと考えないではなかったが、二人がその言葉を交わしたシチュエーションを想像するのはあまりに辛い。

「けど、由利子と俺は同じ船には乗れないなって、お互い分かってた」

「えっ？」

意外な言葉だ。思わず身を起こした拍子に毛布が落ちる。

「で、でも、婚約してたんですよね？」

「ああ」

澄香を自分の隣に座らせて、仁は毛布を拾い、畳んで澄香の膝にかけてくれながら続ける。

「だけど、由利子には他に好きな人がいるの分かってたから」

澄香は思わず息を呑んだ。

由利子は美しく、優秀でたおやかな京女だと聞いている。悔しいが、彼女のような女性こそ仁にふさわしいのだと思っていた。だから、彼女が目を覚まし、仁が京都に行ってしまったら、もう自分には勝ち目などあるはずがないと考えていたのだ。

「そんな。だって、周りの人もみんな二人が結婚すると思ってたんでしょう？」

ふと、由利子の妹、葵の顔が頭に浮かんだ。葵が仁のことを好きなのは明白だ。

だが、お正月に「おりおり堂」へやって来た彼女からは強い覚悟が見てとれた。

仁と由利子を結婚させて、由利子を女将に据える。だが、実際問題、障害の残る姉が〝こんの〟を切り盛りするのは無理だ。だから、自分がその姉を支え、実質的な女将になるのだと、そんな風に考えているようだ。澄香は藤村からもそう聞かされていた。

確認すると、仁もまた、葵のその心づもりを知っていた。

「それって、二人が愛し合ってると思えばこそなんじゃないんですか？」

仁はうなずく。実際、〝こんの〟の周囲に、二人の仲を疑うものは誰もいなかったそうだ。

「そのフリをしてたから」

フリ？　フリって仁さん。何よそれ……。澄香は声も出せずにいる。

仁は澄香の横でソファに凭《もた》れ、広いリビングに目をやった。いつの間にか夕方近くになっていて、昨日とはまた少し色合いの違う夕日が射しこんで来ている。

恐らく澄香のためにだろう。床暖房が暑いくらいで、藤村はベッドの後ろの窓を少しだけ開けていた。彼はベッドに腰掛け、電話をしながらちらりとこちらに目をやると、たちまち面白くなさそうに身体をむこうに向けてしまった。

仁は夕日を浴びた船のような藤村のベッドを、眩しそうに目を細めて見ている。


由利子の好きな相手とは、仁の先輩にあたる料理人だったそうだ。

ただ、彼は〝こんの〟の主人、つまり由利子の父親の覚えがあまりめでたくなかった。

「なんでです？　素行が悪いとか？」

そう訊いたのは、昔ながらの料理人には博打《ばくち》などで身を持ち崩す人もいると仁から聞いたことがあったからだ。

「いや、真面目な人だったよ。あんまり器用ではなかったけど、その分、人一倍努力する先輩だった」

仁ははっきりとは言わなかったが、要は能力の差なのだろう。いずれにしても由利子の父が選んだのは、その先輩ではなく仁だった。

前に葵が澄香に熱く語ったことがある。

いわく、料亭の世界は非日常。五感全部を駆使して、お客様をおもてなしする。特別な空間と極上の時間を提供するものだ。そして、仁には、その世界の中心に立つだけの才能がある。まるで王のように選ばれた人だ。客はみな仁の作る世界に酔いしれ、彼の足もとにひれ伏すのだと。

彼女はそう言っていた。それほどの逸材だ。老舗料亭〝こんの〟の未来のために、由利子の父が仁を選ぶのは当然のことなのだ。

そして、由利子の先輩への恋心は、若い娘のたわ言《ごと》として封じられてしまった。

そこまで聞いて、澄香はあれ？　と思った。思わず藤村を顧みる。

夕日が彼の顔に陰影を与え、ずいぶん険しい表情をしているように見えた。

葵に請われ、わざわざ〝こんの〟に足を運んだ藤村は、由利子の見舞いにも出かけた。そこで見たものを彼はこう語っていた。とにかく、子供のように無邪気で短気。気分屋で怒りっぽく、周囲を振り回しているような由利子が唯一、機嫌を良くするのは仁が顔を見せる時。仁はまるで子供か犬になつかれてるような有様だったと。

「どういうことですか？　由利子さんが好きなのは仁さんじゃなかったの？」

そのことを訊ねると、途端に仁の表情が曇る。

「なんでだろうな。俺にも分からない。まるで、由利子の中から先輩のことがすっぽり抜け落ちてるみたいなんだ」

仁が〝こんの〟に入ったのは十八歳の時だ。由利子は三歳下。まだ中学生ながら、大人びて物静かで気品のある少女だった。

仁が修業を重ねるにつれ、由利子の父は仁を褒めそやすようになり、由利子と結婚させて自分の跡継ぎに、と公言して憚らないようになっていた。

だが、当の由利子は仁ではなく、先輩のことが好きだったのだ。

「信じられない。なんでですか？　仁さんじゃない方を選ぶ人がいるなんて」

ましてや料亭の跡取り娘として育てられた由利子ならば、どちらを選ぶべきか明白ではないか。

「お前、俺のこと買いかぶりすぎだ。俺が由利子でも、俺なんかじゃなくて、先輩の方を好きになったと思う」

「はあ？　いやいや、ありえないですって。なんでそんな風に思うんですか？」

澄香の言葉に仁は苦笑して言う。

「あの頃の俺は自信過剰で鼻持ちならない男だったよ……いや、今だって、つまらない男だ」

「そんなことありません。私は仁さんのためなら命を投げ出したって惜しくない。あ、いや……私ごときにそんなことを言われてもお困りだとは思いますが……。あーなんかすみません、でも、私にとってはそれほど価値ある人なんです」

言い募る澄香に仁は困ったような顔をした。

藤村がいやそうに、ごほんと咳払いをする。

由利子は仁との婚約について最後まで抵抗した。

「仁さんは？　仁さんはどうだったんですか」

「俺は……。そんなものなのかと思ってたから」

仁は由利子のことを好きとか嫌いとか、あまりそういう目で見たことがないそうだ。ただ、大事に育てられた老舗料亭のお嬢様だ。美しい花のようなもので、結婚する以上は決して傷つけてはならない。大切に守っていかなければならないものだとは思っていたと、仁は言った。

「さっき、フリをしてたって言いましたよね？」

愛し合ってるフリ？　何故そんな？　澄香の問いに仁がうなずく。

由利子が二十歳を迎える頃、主人は仁を〝こんの〟の婿に迎えることに決めた。内々にではあるが、各方面へ挨拶をして回ったのだ。

同じタイミングで、由利子の思い人である先輩はよその料理屋に移籍することになった。より高いポジションが用意されており、それはよくあることだそうだ。だが、実際のところ由利子の思いが本気であることを知っての処遇だった。万に一つも間違いが起こらぬよう彼を遠ざけたのだ。

つまり、彼女は老舗のために、思い人を諦めるよう強制されたというわけだ。

「仁さんは？　それで良かったんですか？」

仁は窓の外に目をやった。

「俺は俺の人生を勝手に決める親に反発して家を出たから。このゴールなら悪くないかと、その時は思ってた」

ただ、同じ頃、仁の中にも疑問が芽生えていた。毎年、年末になると、彼は桜子のもとへ帰省する。ある時、ふと、本当にこれでいいのかと思ったのだそうだ。

「うまく説明できないけど……」

仁はそう言って、まっすぐ澄香の顔を見た。至近距離で見つめられ、ドギマギする。

「一言で言うと、おいしそうに食べる顔かな」

「はぁ？」

そもそも仁が料理人を志したのは中学の時。料理上手な祖母、桜子の影響だ。

「みんながおいしそうに食べる顔、見るの楽しいだろ？　オーナーもそういう時が一番幸せそうなんだ。ウチは両親が仕事で忙しいから、あんまり家族で食卓を囲んだりしなかったし」

一人で食べることや、せいぜいが弟と二人でということが多かったそうだ。

おいしそうに食べる仁を、桜子は嬉しそうに見ていた。その顔を見ると、こちらもまた幸せを感じるのだと仁は知った。

由利子との婚約話が本格化したある年、帰省した仁は桜子と一緒に料理を作りながら、「自分の作った料理を誰かが幸せそうに食べるのを見たくて料理人になった」ことを思い出していた。

料亭はそれこそ贅を尽くした料理でお客様をもてなす場所だが、その顔を近くで見守ることはできない。また、高額な料金設定ゆえに、純粋に料理を楽しむ人ばかりではなく、接待などに利用されることが多いのも事実だ。

「そんなことを本当に俺はやりたかったんだろうかと思ったんだ」

もし、ここで道を外れなければ、一生、〝こんの〟で生きていくことになる。

「そう思うといてもたってもいられなくて」

考えた挙げ句、仁は店を辞める決意をした。どこへ行こうというあてがあったわけではない。ただ、敷かれたレールから逃げ出すことで頭がいっぱいだったそうだ。

だが、当然のことながら由利子の父は首を縦にはふらない。逆に由利子との婚約を強行する勢いだ。

由利子もまたずっと悩んでいたようだ。先輩のことを思い切れないことについてはもちろん、仁の気持ちが〝こんの〟にないのは自分のせいだと考えていたらしい。

た事を。

そして、あの日。

その前日に由利子は女性従業員たちの噂で聞いていた。店を替わった彼の結婚が決まった事を。

運転席にいたのは由利子だ。

由利子と仁は見晴らしのいい崖の上の駐車場で車を停めて、話をしていた。

やっぱり自分たちは、どうあっても、このまま結婚するわけにはいかない。

仁がそう言うと、由利子は急にアクセルを踏み込み、言ったのだ。

「ごめんね仁。私のせいやよね。せやけど、これで仁も自由になれるから……。仁は生きてね」

シートベルトを外していた彼女は重傷を負ったのだ。

澄香は我知らず身体が震え出すのを感じ、膝の上の毛布をぎゅっと握る。

「それじゃ、その事故って……」

ずっと仁が運転していたのだと思っていた。そう聞かされていた。いや、誰もがそう思っているはずだ。

「なんで仁さん？　それなら、あんなにみんなから責められることないじゃないですか」

ことり、ことりと音がする。

ベッドを降りた藤村が杖をつきながら、こちらに向かって来たのだ。

「〝こんの〟に義理立てしているんだよ。分かるかい？　澄香さん。老舗の跡取り娘のお嬢さんが自分のところの料理人と無理心中を図ったなんて、とんだスキャンダルだ。だが、その点、辞めてしまった料理人が事故を起こしたことにしておけば、少なくとも店の名声に傷はつかない」

仁はいつもの無表情で、すっと横を向く。

「じゃあ、じゃあ仁さんは無実の罪で、ずっとあんな辛そうにしてたんですか？」

「別に辛そうになんか」

「してたぞ。それがどれだけ彼女を心配させたと思うんだ」

藤村に言われ、仁はわずかに顔をしかめた。

「第一、俺は無実じゃない」

仁の理屈では、「もし自分が揺るがなければ、あんなことにはならなかった。だから罰を受けて当然だ」ということになるらしい。

果たして、そうなのかどうか。澄香には分からなかった。

「いい加減に分かっただろ？　澄香さん。こんな不器用な男と一緒にいたって不幸になるだけだ。この人は女性を幸せにできる男じゃない」

藤村の言葉に、仁は目を伏せた。

「その通りだ、山田。すまない」

彼は膝の上に置いた拳をぎゅっと握り、言った。絞り出すような声だと澄香は思う。

「だけど……これだけ言わせてくれ。一年間、楽しかった。人生で一番幸せな時間だったかもしれない。俺はお前の笑ってる顔が……俺の作った料理をおいしそうに食べる顔が本当に好きだったよ」

言葉の最後で、仁はふっと力を抜いた。少しかすれ気味の声が優しくて、柔らかい羽根でそっと撫でられたような気分になる。

澄香は呼吸をするのも忘れて仁を見ていた。彼が口にした言葉の意味を、頭の中で何度も反芻している。

呆然と目を見開いている澄香に、仁は再度語りかける。

低くて甘い声だった。

「だから、笑っててくれないか。勝手な言いぐさだけど」

「まったく勝手すぎる。自分が彼女を傷つけておいて何を言ってるんだ」

藤村の声にうなずき、仁は立ち上がる。

「すみません、藤村さん。俺が言うのもヘンだけど、彼女の支えになってやってくれませんか」

「言われなくともなるがね、仁さん。君、どこへ行く気だ？」

仁は答えず、藤村に頭を下げて劇場のようなリビングの入口の階段を上り、そのまま退場していった。

「まったく、あいつは……。どこまでも言葉の足りない男だな」

閉ざされた扉をいつまでも見ている澄香に、二月に関西へ出張した際に京都で仁に会っていたという藤村が教えてくれた。

仁は京都で〝こんの〟の板場に戻っているのだとばかり思っていたが、違うのだ。工事現場などで肉体労働をしていたらしい。

「えっ、なんでですか？　なんで仁さんがそんな」

「僕に聞くなよ」

藤村は苦笑する。

「ま、料理人以外で彼にできて、時間に融通《ゆうずう》が利く仕事となると、その辺になるんだろうな」

そして、仁は毎日、由利子の入院する病院を訪れ、彼女の記憶を取り戻すべく語りかけているそうだ。

前に仁が、由利子に記憶を取り戻してもらわないと困ると言っていたのを思い出した。

事故の記憶ではなく、その前のことを――と彼は言ったのだ。

「由利子さんは何故か、仁さんと自分が恋人同士だと思っているようだが、そうじゃないことを思い出してもらいたいようだな」

それにしても、と藤村は言う。

「僕の見るところ、由利子さんの実家もかなりのくせ者だ。恐らく由利子さんに、仁さんと恋人関係にあったと吹き込んでるのは家の人たちだよ。まあ、あながち間違いじゃないんだろうが」

だから、それを上書きするため、由利子に真実を思い出させる目的で、仁は日参しているのだ。

藤村によれば、由利子の思い人だった先輩は事故の報を聞いて、縁談を断ったそうだ。彼にとっては非常にいい話だったそうだが、それを蹴り、三年以上経つ今でも一人でいるという。

「待ってるんだ……」

澄香のつぶやきに、藤村はうなずく。

「まったく面倒臭い連中だよ。その先輩も妙に義理堅い男らしくてね。自分からは決して由利子さんのところへ行かないそうだ」

だけど、もし、このまま由利子が一生思い出さなかったら？

仁は死ぬまで彼女のもとに通い続けるのだろうか。

まったく面倒臭い連中だ――。

藤村の言葉をそのまま繰り返したくなる。だが、そんなところも含めて、自分はやはり仁を愛しているのだと澄香は改めて思い知らされていた。

三月最後の日曜日、仁が東京へ戻って来た。

大河の誕生日なのだ。もう用はないかとも思いながら、一応帰って来たらしい。どこまでも律儀な男だった。

小山は前に住んでいた古い家に戻っている。新居になる筈《はず》だった家から、いくらか荷物が戻って来ていた。

この家は小山の両親が彼に遺《のこ》した家だ。ここで瑞絵と四人、暮らした日々がある。

小山はここでもう一度、くるみと大河と三人で、頑張ってみることにしたそうだ。

「四人やがな」

アントワネット風の金髪縦ロールも眩しいバンシー鈴子がキッチンから顔を覗かせた。

彼女はこの機会に鳥取の旅館を娘夫婦に任せ、しばらくこちらで暮らすことに決めたそうだ。小山や孫たちの様子も気になるが、彼女を決意させたのは、実はそこではない。

好敵手の存在だ。

「ウチが西の魔女やとしたら、そのおばはんは東の横綱や。是非対決してみたいと思うてな」

どうやら、本田夫人のことらしかった。

そんな鈴子は、仁から渡された瑞絵のレシピ集に涙していた。自分が瑞絵に作っていた料理がほとんどそのままの味で継承されているのだそうだ。

「教えたわけでもないのになあ……」

ずびずびと鼻水を啜り、鈴子は「よっしゃあ」と叫び、小山の背中をばしんっと叩いた。

「これからみっちりアンタに仕込んだるさかいにな」

「はは……。お手柔らかにお願いします」

小山は大きな身体を丸めて恐縮している。

くるみと大河も沙織に作ってもらったエプロンをつけて、手伝う気マンマンだ。

ちなみに、このエプロンは沙織の娘の優奈ちゃんとお揃いらしい。

沙織もまた、太津朗と話し合いを重ね、二人はマンションの部屋に戻っていた。こちらもまた「もう一度最初からやり直す」そうである。

バンシー鈴子恐るべし。二つの家族を見事に修復してしまったようだ。

さて、大河の誕生日パーティーだ。仁は主にくるみと大河に子供用の包丁の持ち方を教える係をしている。仁と澄香は「小山家の味」をごちそうになりに来たのだ。

ハンバーグとポテトサラダに卵焼き。

悪戦苦闘しながら小山が作ったハンバーグは玉ねぎのみじん切りが粗く、黒焦げ一歩手前だったが、ケチャップでハートが描かれている。隠し味にコーンフレークが入っており、いかにも家庭の味という感じでおいしかった。

澄香は子供の頃に友達の家に泊まりに行き、食べさせてもらった晩ごはんを思い出していた。

「ジーンッ。大河、ごはんこーんなに食べれるようになった」

「そうか、大河。すごいな」

くりくりした坊主頭を仁がわしわしと撫でると、大河がきゃーと喜びの声をあげている。

「せやで大河、くるちゃんもどんどん食べやぁ。ぎょうさんごはん食べて、通天閣《つうてんかく》みたいに大きなるんやでェ」

「おばあちゃん、ぎょうさんて餃子《ぎょうざ》のこと？」

くるみが首を傾げる。

「ひゃあっ、何をこの子は。ちゃうがなあ。ぎょうさんは沢山いうこっちゃ。せやけど、そういえば餃子もエエな。なんやおばあちゃん、餃子食べたぁなって来たで」

「くるみも食べたい」

くるみ嬢はもうブサ猫顔ではない。屈託のない明るい笑顔だ。

「よっしゃ。ほんなら明日は餃子パーチーや。みんなで包むでェ！」

みんなでわいわい言いながら囲む食卓はあたたかく、楽しかった。

翌日、「おりおり堂」の厨に仁が立っている。

澄香が三枚綴りで発行されたお食事券の一枚目を使ったのだ。

旬の食材をふんだんに使った「春御膳」だ。

まず菜の花だ。菜の花とあさりのお浸《ひた》しに、サヨリを菜種和《なたねあ》えにしたもの。酒炒《さかい》りにしたあさりと、さっと茹《ゆ》でた菜の花をお浸しにしてある。歯ごたえの残る菜の花にはわずかに苦みがあった。ぷっくりしたあさりのむき身を嚙みしめると、じゅわとうま味が拡がり、それらを少し辛子をきかせた出汁がまとめている。

卵の黄身を裏ごしした黄色の衣をまとったサヨリは一旦昆布締めにしてある。こちらは菜の花畑のイメージだ。サヨリ自体は淡泊なものだが、黄味の滋味によって、味わい深さを増している。

桜子が日本酒を勧めてくれた。まだ身体が本調子ではない。アルコールは受けつけないのではないかと思ったのだが、そっと口をつけると、ふわりと優しい香りが拡がる。

「あれ？　飲みやすいですね」

「おほほ。純米酒を水割りにしてみましたのよ」

日本酒の水割りなんて許されるのかと思ったが、そもそも原酒はアルコール度数が高すぎるので、出荷時に水で割るものらしい。桜子は少し水を足したものをぬるめの燗にしてくれていた。春の息吹を感じるお料理に、ほうっと桃色の明かりが灯ったようだ。

フキはシンプルな青煮。ゆがいたフキを薄味の出汁にしばらく浸けておく。仁は澄香の負担にならないように、あっさりした味付けの、野菜を中心とした献立を考えてくれていた。フキ特有の青臭いような香りと上品なカツオ出汁に、ふわりと香る日本酒。

「はあ。大人の贅沢って感じですよね」

思わず溜息をつく澄香に、向かいに座った仁が笑う。

おいしそうに食べる顔が好きだと言われて、卒倒しそうになったのはわずか二週間前のことだ。

照れくさいが、だからといってくるみ嬢のようなしかめっ面をするわけにもいかない。

仁が自分を見ている。

思わず目を逸らし「いやあ、まったく良いお日柄で」などと明後日の方向に向かってうわごとのようにつぶやき、ちらりと仁を見ると、今度はあちらが横を向いている。

チャンスとばかり見とれていると、オタマジャクシ型の目がこちらを向いた。ぱちりと開かれた瞳ともろに視線がぶつかり、澄香は困惑のあまり、ヴォホッ、ヴォホッとむせてしまった。

「本当に。春は苦みのあるお野菜が多いですものね。こればかりはお子さんには難しくてよ」

桜子が笑う。

先週から、「骨董・おりおり堂」は営業を再開した。

澄香は考えた挙げ句、続けて桜子のもとで働かせてもらうことに決めた。当面、澄香はカフェの担当だ。料理はまだまだ修業中だが、まずはおいしいコーヒーを淹れられるように努力するつもりだ。

骨董のことや、歳時記のこと。季節の移ろいを身近に感じながら、日々を大切に暮らしていくこと。そして、誰かの笑顔のためにおいしい料理を作ること。楽しい時間を過ごすこと。

そんなことを桜子から学びたいと澄香は考えている。

続いて、仁が運んで来たのは白地に藍色《あいいろ》の絵が描かれた素朴なうつわだ。

「あれ、見覚えがある」

仁は「そうだな」と言ってうなずく。

うどとほたるいかの酢味噌和《すみそあ》えだ。ほたるいかに、ぴりっと辛子のきいた酢味噌。しゃきしゃきしたうどの香り。ちょうど一年前、友人の結婚式の帰りに偶然立ち寄ったこの店で、仁が作ってくれたものだ。

「ふわあ、おいしい。おいしいです」

懐かしさとおいしさで泣きそうだ。

「おほほ、何があっても季節は巡り来るものね」

桜子が言った。

「はい……」

「人はいつか去るけれど、こうして次の世代に受け継がれていくのでしょうね」

桜子は上品な笑みを浮かべる。

「それにしても、おいしいものをいただけるのは幸せなことね。どなたの上にも幸多《さち》かれと願わずにはおれませんわ」

食事のしめは土鍋で炊いたタケノコご飯だ。ふんわりと炊きあがったごはんを口に運ぶ。タケノコの香りと出汁、醬油の味がしみこんで、少し焦げたごはんが香ばしい。嚙みしめると、上品ながら深みのある味わいに、木の芽がぴりりと心地良い。

お吸い物はハマグリの潮汁《うしおじる》だ。黒塗りのお椀に、大きめのハマグリが二つ。その上から汁が張ってある。

この色は何色と呼ぶのだろうと汁を見ながら澄香は考えている。濁っているわけではないが、透明とも違う。ハマグリのゆで汁をそのまま使うこの料理は潮汁としか呼びようのない、独特な光沢のある半透明のお吸い物なのだ。口をつけると、さあっと海の香りが拡がる。

以前、桃の節句の貝合わせを見てひそかに苛立ったことを思い出し、澄香は歳時記の部屋を見まわした。

既にしつらえは卯月《うづき》のものに変わっている。無骨な陶器の壺《つぼ》に、あでやかな桜が一枝。書画の前には深い緑の杯が置かれ、小さなスミレの花が二輪、挿してあった。とても砂糖漬けにはできそうもない可憐な野の花だ。

先日、仕事に復帰を果たした藤村の家を訪れ、澄香はようやく指輪を返すことができた。

藤村はあいかわらずキザな仕草で肩をすくめて言った。

「澄香さんと朝、散歩をしたことがあっただろ。あの時、僕はこの人と生涯歩いて行けるんじゃないかと思ったんだがね……。成熟した大人の関係というんだろうかね。今度こそはと思ったところに仁さんが現れた。正直、この野郎と思ったよ」

冗談めかしてそう言い、藤村はふと真顔になる。

「僕は妻への罪を忘れないように時間を止めて待っていた。そこへあなたが現れて、助かったと思った。妻の代わりに澄香さんを置けば、止まった時間が再び流れ出すだろうと思っていたのかもしれない」

彼のマンションのリビングからはもうベッドが片付けられている。

「だけど、違ったようだ」

藤村は窓の外に目をやり、言った。

「同じ場所に留まっているつもりでいても、やっぱり知らない間に流されているものだ。六年前の僕と今の僕は違う。もう仕方のないことなんだな」

彼の言うことは難しく、澄香には今ひとつぴんと来なかった。

ただ、いばらに閉ざされたような城内に目覚めの時間が来たことは確かなようだった。

目覚めの時間。

それは自分自身の問題でもある。

澄香は京都へ向かう仁を見送るため、おりおり堂から続く石畳の道を並んで歩いていた。

離れがたい思いでいる澄香に合わせてくれているのか、仁は地下鉄の駅を通り越し、歩いていく。

「仁さん」

澄香の呼びかけに、仁がこちらを向いた。こうして見ると、背が高い人だと改めて思う。見上げる格好になって困り、「いや、別に何でもないんですけど……」と前を向く。

つまんない話なんで聞き流して下さいと断ってから、澄香は言った。

「私、昔、航海士になろうと思ってたんですよね」

「へえ」

「それで客船に乗ろうと思ってたんですけど、なれなくて」

　ううむ、と澄香は唸った。すごく今更なのだが、二人きりで歩いているのが面《おも》はゆくて、何を言おうと思っていたのか見失ってしまう。これでは中学生の寝言レベルである。

　藤村ではないが、澄香自身もまた自分が長く閉ざされてきた何かから解放されたような気がしていた。おそらく、それは誰が澄香にかけたものでもない。自分で自分にかけた呪いなのだ。

　だから今、精一杯頑張って、大人らしい別れ際の言葉を口にしようと思ったのだが。

　これは困ったと澄香は焦る。

「私も結婚は船出だと思うんです」

「ああ」

　別段驚いた風もなく仁がうなずく。

「いや、でもそれだけじゃないんじゃないかと最近思うようになりまして」

　仁が次の言葉を待っている。

　間もなく四月。汗ばむほどの陽気ではあるが、澄香はそれとは関わりなく、一人で大汗をかいていた。

「ええと、そのですね……。結婚に限らず、人生って出発したかと思えば、座礁したり、追い風があったり、何だ。双六《すごろく》で言うなら一回休みとか、三つ進むとかあるわけじゃないですか」

「ん」相槌《あいづち》を打ちつつ、いったい何が言いたいのかと不審そうな仁の声だ。

挙動不審になりながら必死で言葉をつなぐ。

「私、船を操縦するだけが船旅に携わる仕事じゃないと思うんですよね。たとえば、接客係とか、岸から見送る係もあれば、船のメンテナンスをする係もいるわけでしょ。そうなれればいいなって思うんです」

「港湾作業？」

思わず、真顔で言う仁の顔を見直してしまった。

「いや……」

違うっ。違うんだ仁さんっ——。

「そうじゃなくてですね。出張料亭って、人生の門出やちょっとした記念日を祝いたい人とか、道に迷った人とか、ふと立ち止まった人とか、時には歩き続けてくたびれた人とかに何かをあげられる仕事なんじゃないかって……。いや、あげるっておこがましいのか。何だろ？　とにかく誰かの人生の何かの瞬間で、一緒に喜んだり悲しんだりできる稀有《けう》な仕事じゃないかと思うんです」

必死で言葉をつなぐ澄香に、仁は驚いたような顔で立ち止まったまま聞いている。

「だから、私、仁さんと一緒にもう一度、その仕事がしたいんです。いえ、私だけじゃないです。アミーガさんたちや古内先生、常連さんたちみんな、おりおり堂の再開を待ちわびてるんですよ」

それは事実だ。特に、仁が出張料亭を辞めて京都へ行くと聞いた際のアミーガたちの嘆きはすさまじかった。静かな佇まいの「おりおり堂」店内が、まさしく阿鼻《あび》叫喚《きょうかん》の巷《ちまた》と化したのである。彼らだけではない。街を歩いていると、澄香は行く先々で声をかけられた。出張料亭の再開はまだかと訊かれるのだ。

そのたびに「ありがとうございます。再開の折には必ず」と応じているのだが、再開が容易ではなさそうなことを感じるのか、みな一様《いちよう》にがっかりしたような顔をするのが心苦しい。

更に言うなら、神崎家からも予約が入っていた。お詫びを兼ねて、改めてもう一度お願いしたいとのことで、これだけは仁に無理を言って、実現の方向で日程を調整しているところである。

「お願いします」

必死の思いで下げた頭に仁の手が載せられる。

髪をくしゃくしゃとされたと思った瞬間、引き起こされると、強い力で抱きしめられていた。

「ありがとう」

耳もとで囁かれてしまった。

頬から耳が熱い。身体中の血液が顔に集まり、爆裂一秒前だ。

「だけど、山田。俺はいつ戻れるか分からない」

「分かってる。分かってます。だから私、待ってます」

思わず仁を引きはがし、見上げる。くっついていたいのは山々だ。だが、今は言うべきことを言わねばならない。

「山田澄香、たとえこの身は滅びようとも永遠に仁さんを待ってますから」

「……それは怖いからやめろ」

仁は苦笑し、早足で歩き出す。満開の桜に目をやりながら彼は言った。

「けど、お前、結婚したいんだろ？　俺を待ってても何年かかるか分からない。もしかすると、適齢期を逃がすかもしれない」

適齢期って！　いつの時代の人だよと思ったが、仁の言わんとするところは分かる。

「仁さん。適齢期とかって関係ないです。厚かましいとは思います。だけど、私はあなたと人生を歩いていきたい。たとえおばあさんになったって構わないですから」

「分かった」

仁は笑った。ふわっとした優しい笑顔だ。こんな顔、初めて見たと澄香は思う。

「必ず戻る」

弥生、四時。堤の上の桜並木が満開だ。人々がそぞろ歩き、笑いさざめいている。

仁の行く手とは反対方向に向かって歩き出しながら、澄香は輝く春の光に向かってまっすぐ顔をあげた。

本書は次の単行本を加筆・修正・改題し、三分冊したうちの三冊目です。
『出張料理・おりおり堂　卯月～長月』（二〇一五年三月刊）
『出張料理・おりおり堂　神無月～弥生』（同年九月刊）
どちらも中央公論新社刊

本文イラスト：八つ森佳
本文デザイン：bookwall

中公文庫

出張料亭《しゅっちょうりょうてい》おりおり堂《どう》
——コトコトおでんといばら姫《ひめ》

2018年2月25日　初版発行

著　者　安《やす》田《だ》依《い》央《お》

発行者　大橋善光

発行所　中央公論新社
〒100-8152　東京都千代田区大手町1-7-1
電話　販売 03-5299-1730　編集 03-5299-1890
URL http://www.chuko.co.jp/

DTP　平面惑星
印　刷　三晃印刷
製　本　小泉製本

Published by CHUOKORON-SHINSHA, INC.
Printed in Japan　ISBN978-4-12-206536-9 C1193

各書目の下段の数字はISBNコードです。978－4－12が省略してあります。

中公文庫既刊より

や-64-1
出張料亭おりおり堂 ふっくらアラ煮と婚活ゾンビ
安田依央
天才料理人の助手になって、仕事も結婚も一挙両得？ 恋愛下手のアラサー女子と、料理ひとすじのイケメン、もどかしすぎる二人三脚のゆくえやいかに。シリーズ第一弾。
206473-7

や-64-2
出張料亭おりおり堂 ほろにが鮎と恋の刺客
安田依央
仁さんの胸に飛びこむ可憐な娘。立ち尽くす澄香……！ 突如現れたライバルが語る、仁さんの秘められた過去とは？ 早くも波瀾のおいしいラブコメ、第二弾！
206495-9

か-85-1
僕とおじさんの朝ごはん
桂望実
無気力に生きる料理人を変えたのは、ある少年の決意と、秘密の薬の存在だった。真摯に生きることを拒んできた大人と、生死をまっすぐに見つめる少年の交流が胸をうつ感動長篇。
206474-4

く-23-2
ゆら心霊相談所 消えた恩師とさまよう影
九条菜月
元弁護士の訳ありシングルファーザーと、「視えちゃう」男子高校生のコンビが、失せ物捜しから誘拐事件までなんでも解決。ほんわかホラーミステリー。
206280-1

さ-75-1
妖怪お宿稲荷荘
さとみ桜
休職中の一蕗が訪れたのは、廃業寸前の旅館「稲荷荘」。従業員も白狐や猫又と、妖怪専門のお宿だった。旅館立て直しを依頼された一蕗の奮闘が始まる！
206418-8

わ-16-2
御子柴くんの甘味と捜査
若竹七海
長野県から警視庁へ出向した御子柴刑事。甘党の同僚や上司からなにかしらスイーツを要求されるが、日々起こる事件は甘くない——。文庫オリジナル短篇集。
205960-3

わ-16-3
御子柴くんと遠距離バディ
若竹七海
長野県警から警視庁へ出向中の御子柴刑事は平穏な日々を送っていたが、年末につぎつぎと事件に遭遇し、さらには凶刃に襲われてしまう！ シリーズ第二弾。
206492-8